ちくま文庫

自分の時間へ

長田弘

筑摩書房

目次

I

II

自分の時間へ

I

敬三君のこと

そこだけがふっと明るい、一瞬のような記憶が、いくつも破片のように散らばっている。人生とよばれるものは、一つながりのまとまったものでなく、ほんとうは、そうしたたくさんの砕けた記憶の破片の集積なのではないだろうか。何もほかに覚えていない。けれども、そのほんの一瞬の明るい光景を横切った人の横顔だけを覚えている。その束の間の小さな記憶が、どこかでいまの時間のビス（ねじ）になっている。

「音盤拝聴をやらかすことにしよう」。その言葉を合図に、レコードに恭しく針を落として、二人の少年はじっと目をつぶって、楽興の時を過ごす。福島市。生まれそだった東北の火山の麓の街で、わたしたちはそうして神妙に、音楽の天才たちの奇蹟の音を追いかけた。ほとんど毎日曜日の午後、わたしは敬三君とともに、街の医院だった敬三君の家の、蓄音機のある薄暗い小部屋の壁にもたれて、奥深い音楽の森のなかを何時間もさまよった。

敬三君は三人兄弟の末っ子で、わたしは三人兄弟の長男だ。敬三君は何から何まで、わたしとは正反対の少年だった。科学好き。くそ真面目で、篤実というより頑固で、長距離走が得意だ。だが、しょっちゅう馬鹿馬鹿しい冗談を争って口にして、大笑いした。二人は受験期の少年だったが、敬三君は東大の理科志望、わたしは早稲田の文科志望で、受験科目がちがう。勉強の話はしたことがない。ただただ熱中したのはクラシックの話だ。

たかが少年とあなどってはいけない。二人の少年の好みは厳格だった。指揮者について言えば、フルヴェン（フルトヴェングラーのこと）は別格として、トスカニーニは悪くないが、ストコフスキーは駄目、カラヤンはお断りだった。ひいきしたのは敬三君はムラヴィンスキーで、わたしはクリュイタンス。しかし、これからはカール・ベームの時代だろうというのが、いっぱしのつもりの二人の少年が重々しく下した見解だった。

それほどクラシックを堪能できたのも、敬三君の家がとてつもないクラシック好きで、無分別ざかりの少年の友人にも、音楽の捧げものを黙って分けてくれたためだ。

いま考えても、わたしが少年時代にあじわった音楽の幸福は、じつにかけがえのないものだったと思う。まだTVさえもなかった時代には、そういうふうに時間をじゃぶじゃぶ浪費することができるということが、若いということだった。

やがて敬三君は駒場にすすんで、大学の交響楽団に属し、オーボエを吹く。「運命」の公演を、わたしは早稲田から都電に乗って文京公会堂に聴きにいった。「運命」の第一楽章には、一瞬だけオーボエの独奏があるのだ。それが別れ道になった。敬三君は科学哲学を専攻する学究の人となり、佐藤敬三訳になるマイケル・ポラニー『暗黙知の次元』（紀伊国屋書店）はわたしの愛読する一冊になったが、「運命」を聴くと、いまでもオーボエの音に耳を澄ましてしまう。

立子山のこと

東京のはじまりはジャズだった。東北の火山の麓の街を離れて、東京で暮らすようになった途端、それまでまったく知らなかった音の世界にわたしを連れだしたのは、三歳上の従兄だ。従兄は東京下町の生まれ育ち。昭和の戦争末期、福島の山あいの温泉町の祖母の家に預けられていた幼いわたしは、疎開してきた従兄と一緒に暮らした。以来、兄のように近しかったその従兄に、東京にきていきなり受けたのがモダン・ジャズの洗礼だ。

最初の日の夜にもう、従兄とともに、銀座のライヴハウスの最前列にいた。翌日は有楽町の路地の奥の暗いジャズ喫茶。次の日は深夜まで、八重洲口前のソファのあった小さなジャズ喫茶。きわめて喚起的な音をきざむ新しいジャズに夢中だった従兄にとって、街にゆくことはすなわちジャズ喫茶にでかけることを意味していた。ジャズはいいレコードを揃えたジャズ喫茶で、こころゆくまで聴くのがのぞましかったのだ。

そのときのモダン・ジャズは求心的で、緊張感にみち、ひたぶるに音の探究にむかっていた。こうして気づいたときには、名だたるジャズ喫茶とライヴハウスの巡礼を日課とする東京っ子の従兄にみちびかれるままに、そのとき東京でもっとも刺激的だったモダン・ジャズの場面に入りこんでいて、おどろいたことに、クラシックしか知らなかったわたしのなかに、何の矛盾もなくドビュッシーとセロニアス・モンクが同居するようになる。

立子山《たつこやま》というのが従兄の姓で、従兄の父は池波正太郎の『食卓の情景』に、下町育ちの池波少年にカレーライスのおいしさを伝えて感銘をあたえる立子山先生として登場する。東京という街の学校の、わたしの立子山先生は従兄だった。最先端をゆくジャズ喫茶をめぐるには、街から街へ都電を乗りついで、路地から路地へたどらなければならない。予備校にはほとんど足をむけずに学んだことは、何かを学ぶなら、なにより街に学ばなければならないということだ。

一九五〇年代末。いまは伝説になったジャズの黄金時代の、どんぴしゃり、まっただなかの時代だった。東京の街の小さなジャズの店は、ただの店でなく、そこは音の火花のとぶ現場だった。マイルス・デイヴィス、ソニー・ロリンズ、あるいはマックス・ローチにMJQ、さらにギル・エヴァンスやデイヴ・ブルーベック。同時代を共有するという感覚をおそろしく鋭くしてくれたのが、まさに現在進行形で時代を生きていたモダン・ジャズの音の言葉だ。

ジャズの黄金時代がはぐくんだのは、そう言ってよければ一つの理想主義だった。従兄はバード（鳥）とよばれたチャーリー・パーカーに傾倒し、じぶんでもアルト・サックスを吹いた。そして大学をでるとNHKにはいり、アルト・サックスをマイクにもちかえた。それからほとんど会ったことがない。だが、土曜の夜のNHK・FMでつづいている、立子山博恒が司会する日本の今日のジャズのスタジオ・ライヴを聴くと、同時代を共にする音楽としてのジャズをもとめるかつての路地の理想主義者が、いまも変わらずそこにいる。

早稲田独文のこと

大学は独文（ドイツ文学専修）だった。専修を選択して受験するのがそのころの早稲田の文科で、筆記試験を通ると、一人ずつの面接試験があり、小口優、山崎八郎、中村英雄という三人の教授による面接で、独文で何をと訊かれて、メーリケの『画家ノルテン』を読みたいとこたえると、三人の教授は訝しげに顔を見合わせた。『旅の日のモーツァルト』にわたしはつよく魅せられていたが、メーリケはおよそ時流には無縁だった。

しかし、結局、『画家ノルテン』はそっちのけに、大学でわたしはドイツ語にわずかに親しんだにとどまる。そして、独文を「独りの文学」と勝手に読みかえて大学を卒業してしまうが、いまはおおくが鬼籍にはいった独文の教授たちの、不器用で生真面目だった姿勢は懐かしい。独文は四年間ずっとおなじ四十人あまりの一クラスで、わたしたちは教授たちをさんづけでよび、先生とはよばなかった。

志波（一富）さんは几帳面だった。講読は一語も手をぬかない。講義は一ども休講しない。球史にのこる六連戦となった早慶戦の決勝の日、キャンパスは空っぽになった。切符を入手しそこなって、行き場なく教室をのぞくと、誰もいない教室で志波さんがたった一人、教壇で原書を読んでいた。講義ができなくなったのははじめてです。そう言って微笑した。早慶戦というと、講義を愛した志波さんの、はにかんだような微笑を思いだす。

アーベントロート。ドイツの凄い夕焼けをいうその語の深みを知ったのは、言葉の解釈より語感を重んじた浅井（真男）さんによってだ。開高健が『夏の闇』に精魂つくしてえがいたドイツの夕焼けが、アーベントロートだ。（中村）英雄さんはビューヒナーだ。この十九世紀の詩人を知ったことが、独文で得た最良のよろこびになった。忘れられないのは、ビューヒナーによるアルバン・ベルクの歌劇『ヴォツェック』をすすめられたことだ。

わたしの大学時代は、一九六〇年の日米安保条約改定をめぐる、いわゆる六〇年安保の政治的季節にそのまま重なる。六〇年六月十六日朝、第一時限、（中村）浩三さんは教室にきて、休講にします、涙を溜めてそれだけ言うと、さっと教室をでていった。前夜の激しい抗議デモで、東大の女子学生が死んだ。純真さは信じられない美徳にすぎない。だが、浩三さんなら信じられた。後年、プロイスラーの『大どろぼうホッツェンプロッツ』三部作で、きれいな笑いで憂鬱な世をおおいに楽しませてくれたのは、浩三さんだった。

往事茫々。「生そして死。謎につぐ謎。わたしたちがその意味をしかとつかんだと思ったところに、意味のあったためしがありません。そしてその意味を探そうともしないでいると、それは突然ちらりと姿を現わします、遠くから。そして捉えることのできないうちに消えてしまうのです」（メーリケ『画家ノルテン』）

ゴーゴリの伝記のこと

一人そういう人がいただけで、その光景がちがってくる。その印象が記憶にのこって、後でふりかえると、その印象がなかったらたぶんまったくちがった記憶になったと思えることがあるが、六〇年安保をめぐる大学の日々の記憶はそうだ。政治的な季節というのは、一日一日のありようを性急なものにする。けれども一人、じっとしている人がいた。そのために、そのときの慌ただしい日々が、よい記憶になってのこっている。

六〇年安保をめぐる季節は議論の季節だったと思う。学内のいたるところに議論があり、教室に議論があり、挨拶がわりに議論があり、コーヒーを飲みにいっても議論というふうだったが、議論のほとんどは実りのない議論だったにちがいない。ある日、文科の学生集会でだったと思う。露文（ロシア文学専修）の知らない上級生に話しかけられた。授業放棄というボイコットが連日のようになって、学内が騒然としていたころだ。

周囲の騒がしさのなかに一人じっとそこに立っているようだった露文生の、そのときのしゃんとした姿勢を覚えている。何を話したのか、どうしてそういう印象を得たのか、何も覚えていない。しかし、その印象はそこだけ切りぬいたように、後にのこった。政治的な季節は人と人のあいだに不信をのこしやすいが、不信にまさるものがあるとすれば、それは一人が一人のうちにのこす確かな印象だ。

話は変わる。小説で言うと、大江健三郎の年代と中上健次の年代のあいだには、六〇年安保をはさんで空白がある。特徴的なのは、六〇年安保の季節はその時代その世代の記憶すべき一人の作家も、一篇の物語も生むことがなかったことだ。一篇の小説をつくるには、じぶんの部屋を描写するだけで十分だ。ロシアの作家ゴーゴリはそう喝破したというが、六〇年安保をめぐる季節は街頭の時代だった。ひとはじぶんの部屋の外へでていた。

書かれなかった同時代の物語に出会ったというような感覚を覚えたのは、ずっと後になって、思いがけない本のなかでだった。ゴーゴリ好きであればこたえられない精細な評伝、青山太郎『ニコライ・ゴーゴリ』(河出書房新社)を読んだときだ。ゴーゴリという遠いロシアの時代の作家の秘密が一つ一つ、手堅くきれいにあばかれてゆく跡をたどって読むうちに、知らない時代の知らないことのはずなのに、じぶんもよく知っている時代の空気を吸っているような親しい既知感につよくとらえられた。『ニコライ・ゴーゴリ』のなかにわたしが認めたのは、周囲の騒がしさを鎮めるようにして立っていた一人の露文生の姿だ。そのときから一ども会ったことはないが、『ニコライ・ゴーゴリ』がのこす確かな印象は、かつて青山さんからうけた確かな印象とまったく変わらない。ひとの言葉にはその人の出自した時代の透かしがはいっている。

早稲田通りのこと

早稲田には図書館が二つある。一つは大学の図書館、もう一つは街の図書館というべき、早稲田通りの古本屋だ。早稲田から高田馬場にむかう通りの両側に、大小の古本屋が軒をつらねてつづく。早稲田通りの古本屋は神保町界隈の古本屋とちがって、わたしには読書のための古本屋だった。最初の古本屋にはいって本棚を見てゆき、何もなければ店をでて、隣りの部屋にはいるように次の古本屋にはいって、さらにまた隣りの古本屋へ。

そうして、古本屋の本棚をつたいながら、高田馬場まで歩く。地下鉄東西線はわたしの大学時代にはまだなかった。古本屋には、本の声を「聴きに」いった。黙りこっている本のあいだに、ここにいると、こちらに語りかけてくる本がある。ない本を探しにゆくのでなく、そこにある本の声を聴きにゆく。語るべきことをもつ本は、かならず本のほうから語りかけてくると思う。聴くものに聴こえるだけのひそやかな声で語るのが、本だ。

たとえめずらしい本であっても、ごく何でもない本のように、本棚にいかにも無造作に挿してある。そのころの早稲田通りの古本屋にはそんな気風があって、古本屋の本棚のまえではずいぶん鍛えられた。しかし、なにより鍛えられたのは、時間の感覚だ。いい古本屋にある本がもっている時間は、目先をかすめてゆく時間でなく、十年、三十年、百年、千年のずっと長い単位の時間だ。死がピリオドでない時間を、本はもっている。

古本屋の本棚のまえに立ちどまれば、そういった時間のなかに立ちどまることになる。古本屋の本棚では、否も応もなく、多元的な時間としての歴史、物語をまえにしなければならない。流行は目盛りにならない。目盛りになるのは、むしろひろく知られることのなかった大事な本で、すでに幻の文庫だった世界古典文庫のような古本屋にしかない文庫が、どこにもある文庫本と一緒に当然のようにならんでいたのが、早稲田通りの古本屋だ。

古本は本とのめぐりあいだ。古本屋で手にした本には、どの店でどんなときに手にしたかという記憶がはいりこむ。二朗書房は夏には打ち水して、店を開けた。喜楽書房。照文堂書店。萩原書店。金峯堂書店。西北書房。古本屋の一軒が火事になった翌朝に見た、水びたしの貴重な本の山。虹書店や平野書店はまだなかったが、場所をかえた白欧堂書店は猫のいる古本屋になり、辛気くささがかえって魅力だった文献堂書店はいまは姿を消した。

中江丑吉や中井正一のような思想家を知ったのも、早稲田通りの古本屋の本棚でだ。こういう人がいた。こういうふうに感じ、考える人がいた。そうと知ることがよろこびになるのが、古本屋がくれる読書だ。時代が変わっても、こういう人がいたということを忘れないのが古本屋の本棚だ。そのまえにじっと立ちどまればわかる。世に隠れたる賢者が、急いではわからないが、いつだってわたしの現在のすぐ目のまえにいる。

上甲さんのこと

一九九五年の初夏に、岩波文庫の一冊として、『中井正一評論集』を編んだ。中井正一（一九〇〇—五二）は知られざる魅力をいっぱいにもつ思想家で、二十世紀前半の困難な時代にあってつねに思想の健やかさをうしなうことのなかった人だったが、その思想の地平がひろがったのは死後、一九六〇年代になってだ。早稲田をでてわたしが最初にしたことは、まだなかった中井正一の全集を世にだすことだった。そのときから、三十年が経った。

遺された言葉によって、わたしは中井正一という思想家を知ったにすぎないが、中井正一は次代にきちんと読まれなければならないという気組みに応えられたのは、中井正一に近しかった哲学者の久野収氏と、美術出版社の社長だった大下正男氏だ。だが、のちに大下氏は乗りあわせた飛行機が羽田沖に墜落、不慮の死に遭い、中断された全集四巻が完結したのは一九八一年だった。それからも、十五年が経っている。

しかし、過ぎてゆく時間にしばられないのが、本の生命力だ。本は読書によって絶えず新しくされてゆく時間をもっている。そうした本のもつ時間への信頼なしには、例のない長い中断をこえての美術出版社版の全集四巻はなかったと思う。思想の言葉というのは、いま、ここにもう一つの時間をみちびく言葉のことだ。中井正一という思想家が遺したのは、絶えず新しくされてゆくもう一つの時間をはらんだ言葉だった。『中井正一評論集』のもとになった全集四巻をささえたのは、編集者は黒子であるべきだとする古風な考えをゆずらなかった上甲《じようこう》ミドリさんだ。上甲さんは美術出版社の編集者として、駒井哲郎や浜田知明、あるいは浜口陽三や菅井汲といった画家たちの仕事を見まもり、土門拳や石元泰博といった写真家の眼差しの先の世界を見とどけて、過ぎてゆく時間とはちがうもう一つの時間を記憶にのこす仕事を、編集者の仕事としてきた。

もう一つの時間を、編集者は本というかたちにつくる。上甲さんはわたしが最初に出会った編集者の一人だった。もう一つの時間を計る心の時計を、よい編集者は胸三寸にもっている。上甲さんのもつ心の時計の文字盤をしめすのは、美術出版社の仕事とは別に、上甲さんが上梓した『上甲平谷俳句集成』だ。上甲さんの父、俳人平谷はまったく破格の俳句を遺した人で、その句は「平凡にして、しかも抜きさしならない」（中村草田男）。

行秋や「一」抱くやうにして老いる
天高し人間といふ落し物
冬が語りだす言葉の知らないもの

あきらめないのが編集者としての上甲さんだった。『中井正一評論集』を編んで、つくづく思ったこと。本というのはあきらめない人のつくってきた、あきらめない文化だということ。

雑誌『現代詩』のこと

雑誌『現代詩』は、一九六四年に終刊になった詩の雑誌だ。そのころ月刊の詩の雑誌で主だったのは『詩学』『現代詩手帖』、そして『現代詩』の三つだった。ただ『現代詩』だけちがっていて、雑誌を編集していたのは現代詩の会という集まりだ。現代詩の会は同時代の詩人たちが全国から手弁当でくわわっていたおおきな集まりで、年に一ど総会で運営委員をえらび、そのうちの七人が編集委員になって、自由な雑誌をつくっていた。

詩をわたしが書くようになったのは早稲田のとき、六〇年秋からだ。大学をでた春、現代詩の会にくわわってすぐに編集委員として引きだされて、梁山泊に放りこまれた。『現代詩』の最後の一年の編集委員だったのは飯島耕一、岩田宏、大岡信、故関根弘、堀川正美、三木卓で、わたしは最年少だったが、ピーナツとイカの燻製とサントリー・ホワイトの水割りをまえにしての、一騎当千の編集委員会をあわてることなく見まもっていたのは、のちに草思社を興す編集部の加瀬昌男さんと故長坂貞徳さんだ。

詩を書くというのはもともと一人の孤独な行為だ。その孤独な行為をもちよって、むすびあわせておおきな集まりとして雑誌をだすのであれば、詩の魅力がなにより雑誌の魅力にならなければならない。くわえて、知られざるカタルーニャの詩人たちの小詩集や、ケネディの埋葬から一夜明けた日付をもつ画家ベン・シャーンの詩画集「一九六三年十一月二十六日」の小特集など、一癖も二癖もある雑誌の扉に、毎号ずっと印象的な線画の絵を描きつづけたのは和田誠さんだ。

「新年第一号をお送りします。あなたの手のなかに受けとってください。あなたの手のあたたかみのなかにわたしたちの試みと破片をつつんで、それを少しずつ新たにふくらませていって欲しいのです。わたしたちがなにかをしなにかを生みだすというのは、いつもそんなふうにしてなのだとおもうのです。わたしたちはもっともっと試行錯誤を、本気になってくりかえしていいんじゃないですか。わたしたちはまるで誤ることを怖れてばかりいるみたいです。今年あたりからまたすこしずつ時代の意味や影像が見えはじめてくるかもしれない。しかし、わたしたちの詩が精神の大胆さと感受性のフレキシブルな触手をもたないなら、たぶんそれはまた見うべくもないでしょう」

『現代詩』の一九六四年一月号の編集後記に二十四歳のわたしはそう書いていて、わたしはその年の秋には、こんどは雑誌をだしていた現代詩の会の解散の声明を起草するめぐりあわせになる。『現代詩』が終刊になった一九六四年十月は東海道新幹線が開通した月で、時代はおおきく変わろうとしていた。集まりを解いてもう一ど、一人一人がじぶんをもちかえって仕切りなおしすべきときだった。現代詩の会がみずから解散を決めたのは、日本中が沸いた東京オリンピックが閉幕した翌日の夜だった。なにごともそうだと思う。終わりというのは、はじまりにすぎない。

小田さんのこと

詩集というのは変わったかたちをもつ本がすくなくない。『われら新鮮な旅人』という最初の詩集をだしたのは一九六五年で、思潮社ででた銅版画家の野中ユリさんのブックデザインによる詩集は、縦二十三センチ、横十四センチの変型本で、筒のように上下からとりだす函にはいっていて、裏表貼りあわせのその箱の真ん中にあいた細長い窓から、表紙に貼った野中さんの小さな銅版画が見えるという、ずいぶん手の込んだつくりだった。

その八年後に思潮社からでた二冊目の詩集『メランコリックな怪物』は、判型はおなじだったが、装丁家の中島かほるさんによるブックデザインは考えぬかれたもので、綴じただけのソフトカヴァーの本を、ブルージーンズの布地を貼った観音開きの固いカヴァーに包んでたたみ、やわらかなボール紙の函でくるんだもので、銅版画家の浜田知明氏の描きおろした絵のコロタイプを挿んだその詩集は、さすがに限定版の本になった。

こうした独特の本としての詩集というのは、みずから思潮社を興して、詩集という本のかたちを考えながら、本をつくってきた小田久郎さんのような人でなければつくらないし、つくれない。

その二冊の詩集のあいだに、小田さんのつくった思潮社の現代詩文庫の十三冊目として、一九六八年に『長田弘詩集』がでた。詩集とはうってかわって、これは四六寸伸変型とよばれるペイパーバックで、詩の組み方も活字で八ポ二段組みだ。八ポ二段組みのペイパーバックの詩集という現代詩文庫のような本のかたちは、それまでなかった。詩集という本は、厄介なことに、こういうふうでなければならないという決まりをもたない。そのために、詩集という本をだすには、まず本のかたちが問われねばならない。独特の本としての詩集という初刊本をつくり、そして現代詩文庫をだすことで、小田さんがしてきたことは、つねに本というかたちを問うという仕事だったと思う。

「うれなくても奇麗な本が愉快だ」。少部数であれ「趣味」を同じくする人びととの共感を重んじる漱石初刊本の流儀は、『吾輩は猫である』以後、その死までつづいた。一方、縮刷の袖珍本というかたちで、廉価な小型の書物を出していったのも漱石である。——「書物の近代」を問うて、漱石の例を引いて、近代文学者の紅野謙介氏はそう述べる。本のかたちを問うということは、つまり、本のあり方を問うということでもある。

わたし自身について言えば、一九七七年に『言葉殺人事件』という三冊目の詩集をだしたときから、それは晶文社からでたのだが、書名に詩集と入れるのをやめた。詩集もまた普通の本という、本の「愉快な」あり方をよくよく考えたすえに、だ。本がでてしばらくして、北海道の未知の老人から葉書がきた。ミステリと思って取り寄せて、詩集と知り、詩集というものを初めておもしろく読みました。

中村さんのこと

一九六〇年代は本の時代だった。六〇年代のよい本は、手にすればわかる。癖のある活字印刷、しっかりした製本、そして独特の紙質の紙。本のかたちがそれぞれの出版社の独自の表情と主張をもっている。それは日本の活字文化のなかでも、とりわけ紙、印刷、製本、製函など、本をめぐる技術の革新が一気にすすんで、進取の姿勢が出版社の個性をはっきりとしめすような本のあり方を時代のなかにつくっていった十年だったと思う。

本をめぐる技術が、コンピューターによるようになって環境が一変した今日でも、本の文化の型のほとんどは、新しい本のつくり方、出し方が新しい本の魅力を誘いだした六〇年代に発している。全集、百科事典からコミックスまで、そう言える。清新な試みが本のつくる世界をおおきくしていったのが六〇年代の十年で、なかでも際立ったのは、新しい本のかたちをとおして新しいあり方をしめした小出版社の登場だ。

わたしの初めてのエッセーが晶文社からでたのは一九六五年で、晶文社は新しい出版社だった。六〇年に晶文社を興した中村勝哉さんは、いかにも六〇年代という時代が生んだ出版人だ。修業、自立というたいがいのたどる道筋をへず、ながく東大に在籍したのち、じぶんで出版社をやるとまず決めて、まだ一冊の本もつくっていない出版人として、中村さんがいきなりした最初の仕事は、晶文社という独立した出版社をつくったことだ。

まず出版社というものをつくって、中村さんがもとめたものは、言ってみれば、画家にとって絵が存在証明であるというような意味での、出版社という存在証明だったと思える。しかし、晶文社をあらわすマークは初めのころは、穏やかなパンの神、昼寝の好きな牧神だった。牧神の時間を過ごした晶文社が一気に走りだすのは、マークをパンの神から犀（それも赤い犀だった）に代えた、六〇年代半ばからだ。

「ぼくは二十歳だった。それがひとの一生でいちばん美しい年齢だなどとだれにも言わせまい」。晶文社の犀のマークが登場したのは、そのきわめて印象的な言葉にはじまるポール・ニザンの『アデン　アラビア』からだ。犀のマークとともに、晶文社の本は装丁はもちろん、書名の書体、本文の割付からオビまで、それが晶文社の本であることを、本のつくりそのものをとおして、広告までもふくめて、独自にはっきりと語るようになる。

中村さんはこだわりの人だ。まず出版社をつくり、独立した主語としての出版社をもとめたそもそもから、その出版社でなければつくれないような本をつくることが出版社という存在証明を確かにするというあり方に、頑なにこだわってきた。水は方円の器にしたがい、本は出版社という方円の器にしたがう。真面目な出版は真面目なバクチと言って、本のあり方に対するこだわりをこだわりとして崩さなかったところに、一人の出版人に徹してきた中村さんの、走る犀のごとき姿勢がある。

秋はふみわれに天下の志

天高く「ふみ」の秋に思いだされていい漱石の句だ。

六月劇場のこと

おなじ年齢だった死者は、あとに独特の思いをのこす。その死まではおたがいおなじ年齢だった。しかし、死をさかいに、死のときの年齢にとどまったまま、死者は時間のなかに立ちどまったきりになり、そのあとの時間が、もはや年齢をかさねることのない死者から、年々遠くなる時間になってしまう。岸田森、そして草野大悟が、そうだ。岸田も草野も、いまは亡い。岸田も草野もわたしとおなじ年齢だった。

岸田は一九八二年に、草野は九年後の九一年に、それぞれ病いに襲われて、突然のように没する。言いがたい個性的な魅力を深くもつ役者だったが、どちらもずぬけた才能をもちながら、生きながらえる才能をもたなかった。二人を知ったのは、六月劇場という新しい小劇団の旗揚げのときだ。一九六七年六月、紀伊国屋ホールでの創立公演のために、もとめられてわたしの書いた『魂へキックオフ』という対話劇の主役だったのが、岸田と草野だ。

岸田は、もっともこころをゆるした草野や悠木千帆（いまの樹木希林）とともに文学座をとびだして、六月劇場の結成に全身でかかわっていた。目黒の静かな寺の奥に一軒家を買って改造して小さな稽古場にし、毎晩のように練習台本の稽古をかさねて、稽古のあとは、一台のフォルクスワーゲン・ビートルに全員で乗り込んで、渋谷道玄坂の路地の台湾料理屋の二階に直行して、大皿にいっぱい、豚の耳、豚の鼻を齧って、夢を満たした。

六月劇場が劇団としてつづいたのは、のちの小劇場の時代に黒テントに合流するまでだ。しかし、記憶の絆としての六月劇場が、おたがいのあいだにその後もずっと親しくのこったのは、六月劇場が初めめざしたのがただ芝居の場というより、もっとずっと同時代を共有するための場だったためだと思う。六月劇場にかかわったのは、わたし自身は創立公演までにすぎない。しかし、ほとんど顔を合わせることがなくなってからも、同窓の仲間のように、どこで出会ってもおたがい呼びつけだった。

岸田の死んだ冬、通夜にゆくために、岸田の住んでいた町に近い恵比寿駅で、六月劇場の面々と、十数年ぶりに待ち合わせた。次に、六月劇場の顔が揃ったのは九年後、芦花公園の寺で、草野の通夜でだ。いまにして思うと、わたしが六月劇場のために書いたのは、一人先に死んでいった仲間の記憶を真ん中にして、のこされた仲間がおたがい話すべき言葉をうしなってゆくまでの対話劇だった。「話すべきことは何もなかった」というのが、その最後のト書きだ。

わたしが好きだったのは岸田の声、そして草野の声だ。岸田と最後に言葉を交わしたのがいつか、覚えていない。草野と最後に言葉を交わしたのは草野の死の年、井の頭線高井戸駅だ。環状八号線を跨ぐ歩道橋を渡っていたとき、突然「長田」とよぶ声を聴いた。歩道橋に平行する駅のホームに、草野が奥さんと立っていた。草野が何か言いかけたとき、電車があいだに滑りこんできた。走り去る電車の窓のむこうで、草野はバイバイするように手をふった。

ガリ版と夢のこと

ガリ版とよばれる謄写版による印刷が日本で考案されたのは、ほぼ百年まえだ。木の板に嵌めこまれた鉄板のヤスリのうえに、枡目のあるロウ引きの原紙をのせて、うえから鉄筆で手書きで文字を書いて（ガリ切りとよばれた）、書きあげたら、原紙を木枠の謄写版のスクリーンに挟んで、まんべんなくインクを巻きつけたローラーで、ワラ半紙とよばれた紙に刷る。一枚一枚はぐりながら刷る。すべて手仕事だ。

活字による活版印刷に対して、もっと身近な誰にでもできる印刷道具として、ガリ版印刷が百年ちかくのあいだにつちかってきたものの第一は、個人的なメディアというものを日常につくりだしてきたことだ。たとえば、ビラという手渡しの文化を生んだのはガリ版だった。サークルというものを可能にしたのもガリ版だ。芝居や放送の台本もそうだ。それから学校だ。学校教育の場はずっとガリ版文化の前線だった。

野球が野球少年を生み、昆虫採集が昆虫少年を生んだように、あるいは鉱石ラジオが電波少年を生んだように、ガリ版の文化が生んだのは編集少年だった。ガリ版でじぶんで新聞をつくる。雑誌をつくる。パンフレットをつくる。そうすることで発言の場、コミュニケーションの場をつくる。そうした魅力に誘われる編集少年をそだてたのは、ガリ版の文化がもたらした個人的なメディアというものの可能性だった。

津野海太郎という同世代の編集者に初めて会ったのは、六〇年代の半ばだ。会って、友人になった。雑誌をつくるというのが最初の話だったが、すぐに新聞、それも日刊新聞をつくるという途方もない話にひろがった。次に会ったときは、一年に百冊の本をだす話に変わっていた。会うたびに話は変わっていったが、変わらなかったのは、人と人のあいだに共通の場をつくりだす試みとしての個人的なメディアの可能性をいま、ここにたずねるという姿勢だ。

しかし津野は、実際にそののち友人たちとともに小新聞をつくり、小雑誌をつくり、百冊どころではない本をつくって、人と人をつなぐ個人的なメディアの可能性を一つ一つ、具体的に確かめてきた。編集者としての津野がきざんできたのは、職業としての編集者のあり方とも、また名伯楽といったあり方ともちがう、言葉を共に手にする、共働者としての編集者のあり方だ。いまはコンピューターを友人とするが、津野を根っから編集者にしたのは、そうやってみずからみのらせてきた、かつてのガリ版の文化にそだてられた編集少年の夢だろう。

ガリ版の文化そのものは六〇年代に、日常の景色のなかから、ほぼ姿を消していった。けれども、ガリ版の文化がそだてたかつての編集少年の夢はその後の時代にのこり、その夢をささえたのは、工夫だった。工夫は、いまはほとんど死語になった。しばらくまえ、津野に会って、おでんをつつきながら話した。ずいぶん久しぶりだったが、別れてから、編集者としての夢を、津野が口にしなかったことに気がついた。

スバル360のこと

後になっておおきな意味をもつことになることのおおくは、しばしば始めは、何でもない些細なことにすぎない。わたしの場合、運転免許の取得がそうだ。免許をとったのは二十代の終わり、つまり六〇年代の終わりだったが、そのころは車はまだブルーバード、セドリック、フォルクスワーゲン・ビートルの時代だった。しかし、小さなその車に魅せられることがなければ、あるいは免許をとろうとも考えなかったかもしれない。

スバル360。軽自動車としてつくられたその小さな車は、考えぬかれた、むだのない、じつに個性的な車だった。免許をとってすぐに手に入れたのは、いわゆるオプションのいっさいないいちばん簡素な車だ。何の飾りもないそのぶん、その車の思想がじかに感じられた。車体のふくらみ一つ、曲線一つ、すみずみまで限界ぎりぎり、小さな車をささえていたのは創意工夫だ。技術が創意工夫のことだったのが一九六〇年代の十年だ。

フォルクスワーゲンのカブト虫に対して、スバル３６０はテントウ虫とよばれたが、わたしのつけたあだ名は、山本周五郎の物語からとった「ちいさこべ」だ。車に思い入れをとくにもたないわたしが誘われたのは「ちいさこべ」の小ささだ。わたしがとらえられたのは、奇妙な言い方だが、車としての懸命なありようと、小ささゆえの、どこまでも機能的な明るさだ。つい微笑したくなるような気分をそなえた車だったのだ。

小さな車は一体感がつよいだけに、車が感じることを直接、身体が感じる。「ちいさこべ」は坂が苦手だ。坂ははげますようにして上る。東京は坂の街だ。長い坂。だらだら坂。あえぐような坂。古くからの切通しの坂。「ちいさこべ」の振動や排気音がきざんだ東京の坂の一々の表情を、いまも思いだせる。遠出して、箱根の天下の嶮。坂本から上ってゆく碓氷峠。いつも息が切れたのは、車でなくわたしだった。

「ちいさこべ」は車というより、誰より身近な友人のようなものだった。スバル３６０はその後の時代を生きのびることができず、結局、わたしもまた「ちいさこべ」を手放すことになるのだが、「ちいさこべ」に魅せられて取得した運転免許証がおおきな意味をもつようになったのは、「ちいさこべ」を手放してのちだ。それから海外にでて旅をかさねるようになり、旅のほとんどを一人で、レンタカーを唯一の友人としてつづけるようになって、車を友人とする旅がとりかえのきかない人生の一部になった。

スバル360に対する愛着は、幼友達に対する感情のように、いまものこっている。家からそう遠くない井の頭通り沿いの中古車販売の店の駐車場の隅に、廃車のようなかたちで、スバル360が一台、ずっと忘れられたように置かれている。フロントガラスのワイパーの上に、わくら葉が溜まっている。ときどきまだあるだろうかと、つい気になって足がむく。時は過ぎゆくというのはまちがいだと思う。ひとは時を置き去りにするだけだ。

鉄条網の刺のこと

もしその本を手にしなかったらと思えるような本は、かならずしもはなばなしい本ではない。その本は、はなばなしいどころか、むしろ読むのが辛い本で、初めて手にしたのは英訳されたハードカヴァーだ。一九六七年にロンドンででたその本は、カヴァーも灰色と白のみ、しかも白はガスの白い炎で、その上の矢印のかたちの枠のなかには、標識によく使われる書体で、灰色の文字で、痛烈な書名が記されているだけだ。『紳士淑女のみなさん、ガス室へどうぞ（This Way for The Gas, Ladies and Gentlemen）』。タデウシュ・ボロフスキの短編集だ。第二次大戦後のポーランドで、失われた文学の言葉のありかを最初に証したのがボロフスキだった。その生涯は短い。一九二二年生まれ。二十一歳から二十三歳まで、ナチス・ドイツに国を奪われた第二次大戦の最後の二年間を、捕らえられてアウシュヴィッツ強制収容所で過ごし、辛うじて戦後に生きおおせたものの、一九五一年に二十九歳で自殺。

ボロフスキの遺したのは、アウシュヴィッツの経験をきざみつけたきれぎれの言葉だ。世界に対する信頼だって？　みずからそう問うて、ボロフスキはみずから答えて書きつける。――われわれのものであるこの世界は、いったい信頼できるようなものだろうか？　世界が信頼にあたいしないのは、われわれのせいではない。この世界を変えられるなら、そのために死んでもいいなどと思わない。生きたいと思う。それだけで十分だ。

人間はいったいよき人間なのだろうか？　アウシュヴィッツで直面しなければならなかったその問いに、しかしボロフスキは答えることができない。そして、われわれの世界はじつに強制収容所そっくりだと書きのこして、アウシュヴィッツのガス殺をまぬがれた若い作家は、戦後のワルシャワで、じぶんでガス栓をひねったのだった。

ボロフスキがわが故郷とよんだアウシュヴィッツへの旅が、わたしの最初の海外にでた旅だ。一九七一年秋、冷戦のただなかの「東側」の前線の国ポーランドは、そのときコミュニストの党の独裁下に重苦しく沈黙した国だった。「アウシュヴィッツへの旅」として中公新書に、わたしがその旅の記録を書いたのは七三年初めだったが、それからずっとつづけることになった二十世紀の失われた意味への旅の記録が、「アウシュヴィッツへの旅」をふくめて『失われた時代　1930年代への旅』として筑摩叢書（筑摩書房）ででたのは、ベルリンの壁が崩壊した直後だった。

今日、ボロフスキのことを誰が記憶しているだろうかと考える。のちにペンギン・ブックスにおさめられた『紳士淑女のみなさん、ガス室へどうぞ』に付された批評家のヤン・コットの、こころにのこる序。「今日生きている人間はつねに正しく、死者はつねに間違っているのだ。ボロフスキはそう書いた。もしそうなら、すべてが最後には正当化されることになる。しかし、死者は正しく今日生きている人間はそうでないということを、ボロフスキの人生とアウシュヴィッツについての物語は黙示している」

錆びた鉄条網の小さな刺が一つ、わたしの机の上にずっとのっかっている。アウシュヴィッツに隣りあう広大なビルケナウ強制収容所の西のはずれの、壊れた鉄条網に垂れ下がっていた刺だ。

パトリシアのこと

パトリシアとジムを知ったのは、北米アイオワ州のアイオワ・シティで、アメリカがヴェトナム戦争の影の下にあった一九七二年初め、フルブライト基金をうけ、アイオワ州立大の国際創作プログラムのメンバーとして、冬の静かな大学町で日々を過ごしていたときだ。アイオワの冬は頬を削ぐような冷たい風の吹く日が続く。しかし二人の記憶は、アイオワの厳しい冬のくれたあたたかな記憶として残っている。

パトリシアとジムは、アイオワ州立大の世評高いライターズ・ワークショップに籍をおき、ともに詩を書き、詩の雑誌をともに編集して、暮らしもともにしていた。小柄な二人はいつも一緒で、とても物静かだったが、ジムは七〇年に徴兵拒否をつらぬいて刑務所に収監され、出てきてまだ間もなかった。ぼくが徴兵を拒否するのは、道徳的な行動としてだとジムは言い、ヴェトナム戦争はみにくい戦争だとパトリシアは言った。

二人のフォルクスワーゲンには、いつもポットにはいった熱いコーヒーがあり、後部座席には二人の編集する雑誌が山と積まれていた。二人がともにしていたのは、詩に拠ってなにごとにも正面からむきあおうとする真摯な姿勢だ。二人と話していると、どんな話をしてもかならず詩の話になった。パトリシアの言葉を思いだす。詩人になるとはもっとも自覚的な市民に、もっとも自覚的な街の住民になることだと思う、とパトリシアは言った。

パトリシアはミネソタ州セント・ポール育ちの、チェコ系のアメリカ人だった。アイオワの風景は、どこより中欧ボヘミアの風景を思わせる。チェコの作曲家ドヴォルジャークが交響曲「新世界より」を着想したのは、北アイオワでだ。しかし、春がくるまえに、パトリシアとジムはアイオワを離れ、パトリシアに再会したのは十年後、八一年にパトリシアのだした一冊の本によって、活字をとおしてだ。

パトリシア・ハンプルの『ロマンティックな教育（A Romantic Education）』は、移民の国アメリカの第三世代による、祖母の国への帰還の旅の記録だ。チェコへの旅をつよくすすめたのはジムで、アイオワを離れてしばらくして、パトリシアはロンドン経由で、冷戦下のチェコスロヴァキアへ二ど長い旅をして、その本を書いたのだった。アイオワの冬の日々に親しんだパトリシアの清潔な語り口は、本でもすこしも変わらない。内省的でいて、シャープだった。

パトリシアの本は、「わが故郷はどこか?」と歌いだされる歌を国歌にもつ国の人びとの沈黙への旅の記録であるとともに、そのまま「わが故郷はどこか?」と問うたアメリカのヴェトナム戦争世代の内面の旅の率直な記録となった。そして、かつて詩人のエリザベス・ビショップや作家のフィリップ・ロスを世に送った文学奨励金を受賞したのだが、パトリシアの本のその後を襲ったのは二十世紀の歴史の皮肉だ。

冷戦は終わり、イデオロギーの壁が壊れるとともに、すべては逆になったように見えるが、パトリシアならちがうと言うだろう。ヴェトナム戦争の経験といまはないチェコスロヴァキアへの旅の経験に学んだのは、人びとを活かすのは国家への忠誠でなく、「街への愛」だと。二十世紀の歴史の皮肉とは、国家はなくなることがある、しかし街がなくなることはない、ということだ。

負けるが勝ちのこと

わたしの父は昭和の初年代の野球選手だ。豪打の中心打者にして堅守の捕手、当時の記録によれば、逸材、頭がよく強肩無比の名捕手と評判をとった青年だった。だが、不運が重なる。中等学校野球（いまの高校野球）東北大会決勝で、運命の一撃と語り草になる、決勝点となるべき場外本塁打を放ったが、ベースを一周したのちに球審にファウルを宣告され、1対0で敗れて、甲子園にはゆけずじまいになる。

当時、野球の頂点だったのは東京六大学野球だ。だが、進学目前に生母の死に会い、六人の妹弟をもつ長兄の青年は、早稲田のユニフォームを着る夢をあきらめている。そして、もう一つの頂点だった都市対抗野球に希望を託して、じぶんたちでクラブチーム（福島クラブ）を結成し、東北大会で優勝して神宮球場へ。職業野球（いまのプロ野球）の発足はその二年後だ。だが、その誘いをうけたときに召集をうけ、軍隊に入隊。野球の夢を断たれている。

昭和の戦争の後の時代にも捕手としての父の評判はまだのこっていて、野球と民主主義を一緒に呼吸してそだった子どものわたしの野球のイメージを決定したのも、捕手だった。土井垣武がいた。五人の三割打者をそろえていた天下無敵の猛虎タイガースの五番打者の捕手が土井垣だった。アメリカの大リーグには、ニューヨーク・ヤンキースの名捕手ヨギ・ベラがいた。ブルックリン・ドジャースの名捕手ロイ・キャンパネラがいた。

夢をとげられなかった捕手の息子として、いつも思いを誘われたのは豪打強肩の捕手だ。東京六大学野球にまだ夢があり、その夢を砂押監督率いる立教がかきたてた時代に印象につよくのこった捕手がいた。杉浦忠が投げ長嶋茂雄が打ったシーズンに、打撃ベスト5に名をつらねた東大の捕手だ。記憶では捕手でなければならないのだが、別のポジションだったかもしれない。

六〇年代半ばだったと思う。雑誌『文学』で、海老坂毅という未知の気鋭のフランス文学者によるサルトルの「負けるが勝ち」という思想についての卓抜な文章を読んだとき、その書き手が、わたしが東大の捕手と決めこんでいた海老坂武だと思わなかった。会ってはじめて知った。わたしは筆名の毅でなく、本名のまま武であるべきだと強引に繰りかえしたことを覚えている。武は土井垣武の武とおなじだ。海老坂さんは海老坂武でなければならない。

一九七二年の初夏、パリに留学中の海老坂さんをボナパルテ街に訪ね、サン・ジェルマン・デ・プレ界隈で落ちあっては数日を一緒に過ごした。アルジェリア料理を食べにゆき、トルコ・コーヒーをすすり、ロシアの詩人の朗読会をのぞき、夜はジャズの店を探してうろついた。さまざまな話をしたが、しなかったのは野球の話だ。それからも潔いほどそうだ。父もそうだ。野球選手としての父について知ったのは、ぜんぶ人づてにだ。のちに数学の教師になった父と野球の話をしたことはない。

野球の醍醐味はいうまでもなく勝つことだ。しかし選手は勝つための選手であることを、いつかやめなければならなくなる。勝つことのないその後にのこされるのは、負けるが勝ちという、一個のあらまほしき生き方の思想だ。

手わたされた言葉のこと

　ドイツの詩人H・M・エンツェンスベルガーと会って話したのは一九七三年の京都で、その機会をつくってくれたのはドイツ文学者の野村修さんだった。待ちあわせた百万遍の喫茶店に一人ぶらりとあらわれたエンツェンスベルガーと、それから京大の野村さんの研究室にうつって、テープをまわしてずいぶん長く話をした。明快な論理を明快な言葉にきざんで語る。エンツェンスベルガーの印象は、その詩とその本の印象そのままだった。

『政治と犯罪』によってエンツェンスベルガーを初めて紹介し、エンツェンスベルガーという目ざましい詩人を親しく身近な存在にしたのが、野村さんだ。エンツェンスベルガーの切れ味のいい論理の運びと、野村さんの日本語は呼吸があう。七三年のエンツェンスベルガーは意識産業としてのメディアをめぐるシンポジウムに出席するために東京にやってきたのだが、わたしが話したかったのは個人としてのエンツェンスベルガーだ。

そのときの会話の一部をまとめたエッセーは、スペイン市民戦争をめぐる「木曜の男の夢」として雑誌『群像』に掲載されたが（のちに岩波書店ででた『散歩する精神』に収める）、およそ殺風景だった野村さんの研究室で、インスタント・コーヒーだけで、三時間以上も倦まず語りつづけたエンツェンスベルガーの話はじつに刺激的で、詩人のそうした態度に深い信頼を覚えた。対話は思考の原型だ。わたしが対話という方法へ新しい関心を引きだされたのは、きっかけはそのときの野村さんの研究室でのエンツェンスベルガーとの三時間だった。

対話というのは手わたす言葉だ。翻訳もそうだ。翻訳というものの根っこのところにあるのは対話だ。翻訳はいわば一つの言葉ともう一つの言葉のあいだの対話の記録だ。野村さんのエンツェンスベルガーの翻訳はそういうものだったし、野村さんがずっととりくんできた詩人のベルトルト・ブレヒトや思想家のヴァルター・ベンヤミンの翻訳もそういう対話の記録としての翻訳だと思う。

まったく個人的に、手紙のかたちで、野村さんが小さな翻訳をいくどか送ってくれたことがある。それはあるときはスペイン市民戦争の戦線でうたわれたドイツの歌であり、あるときはベルリンの壁が壊れるまえ東ドイツから亡命した老いた詩人の詩だったが、そうした一対一で言葉とつきあう場に誘う姿勢をつらぬいて、野村さんのしてきたのは、知られざる言葉を手から手へ、親しく手わたす言葉に変えるという仕事だ。

そのようにして野村さんから手わたされて、いまもそのまま手中にのこっている、かつてエンツェンスベルガーが『政治と犯罪』に刻みつけた問い。「未来にも、まだ有罪の人間はいるのか? 無罪の人間は? それとも、いるのはもう家庭の父親や、動物愛護者や、正常な人間ばかりなのか?」この問いのむけられた未来というのは、すでに今日のことだ。

クリストファーさんのこと

ヒースロー空港からまっすぐホテルに着くと、受付でうつくしいカードを手わたされた。そして部屋に花束がとどけられていた。ロンドンへようこそというカードに、クリストファーさんの署名があった。一九七五年初夏。クリストファーさんに会いに、ロンドンにいった。クリストファーさんの名は、わたしにはずっと親しい名だった。クリストファーさんはジョン・コーンフォードのただ一人の弟だった。

ジョン・コーンフォード。スペイン市民戦争に赴いて二十一歳の誕生日にコルドバ前線で死んだケンブリッジの若い詩人だ。生き急いだ死者が遺したのは、時代の象徴としての死の意味だ。死者はいつまでも若い。たとえばケンブリッジで同世代だった歴史家のハーバード・ノーマンの人生にも、あるいはずっと後のジョン・ル・カレの『死者にかかってきた電話』のような物語にも、スペインで死んだこの若い詩人の死の影が射している。

スペイン市民戦争がとどめるのは、二十世紀という時代が失った明るさだ。ジョン・コーンフォードという若い死者が遺したのは、死後に編まれた遺稿と追憶の一冊の本だけだ。夜、ロンドンのフラットにクリストファーさんを訪ねて、遅くまで話を聞いた。忘れてはいけないものを思いださせるような人がいる。ジョンはそういう人だった。いまでもジョンを尊敬している。年齢と経験をかさねた弟の、その穏やかな言葉に胸を突かれた。

クリストファーさん自身は王立協会のメンバーで、名にしおうデザイナーだ。しかし若い死者について語るときは、兄にもっとも近しかった弟の表情になった。ジョンの家。そう言って、スプリング・ハウスという名のケンブリッジの自宅の裏庭を細密に描いたペン画を数枚とりだして見せてくれた。そしてジョンのサインのある、未発表のジョンの一枚の写真を見せてくれた。クリストファーさんそっくりの微笑のきれいな若者の写真だ。

ジョン・コーンフォードについて書いた「ある詩人の墓碑銘」をふくむ『失われた時代　1930年代への旅』に、後で送られてきたそのジョンの写真とクリストファーさんのペン画をおさめたとき、誰よりよろこんでくれたのはクリストファーさんだった。まだジョンについて書きあぐねていたときだ。突然クリストファーさんから、東京にきているという電話をうけた。デザインの国際会議の記念講演に招かれてきたのだった。

新宿で会って一緒に食事をした。ジョン、そしてクリストファーさんはチャールズ・ダーウィンの直系の曾孫になる。二十一歳の誕生日にスペインで死んだ若い死者は、未婚の父として一児を遺した。イギリスの情報公開運動のリーダーとして知られるエディンバラ大の歴史学教授だったジェイムズ・コーンフォード氏だ。東京にきたこともある。ただスペインの若い死者について、いままで語ったことはない。

きみの旅はまだつづいているか、とクリストファーさんは言った。クリストファーというのは、もともとは旅の守護聖人の名だ。二十世紀の失われた時代へのわたしの旅の守護聖人だったのが、クリストファーさんだ。

テポストランのこと

メキシコのテポストランという小さな村で数日を過ごしたのは、一九七六年の夏だ。その村にゆくために、そのときメキシコにいったのではない。テポストランの名は知っていたが、どこにあるか知らなかった。メキシコ・シティの本屋で地図をもとめて、その村を見つけた。メキシコ・シティ近郊の、長崎の二十六人の殉教者を記念する絵を飾る教会で知られる町、クエルナバカの先の、山の奥の小さな村だ。

メキシコ・シティにいったのは、アジア北アフリカ人間科学国際会議という会議に招かれてだ。ある日、思いがけずメキシコ政府の招待状と航空券が舞いこんだ。それは多彩な分野を総合するおおきな会議だったが、文学については、南米の政治的な状況が突然思わしくなくなって招かれた南米のメンバーのおおくがでられず、会議はメキシコの詩人オクタビオ・パスが一ど短い挨拶をして、それだけであっという間に終わりになった。

あとは自由というのが、いかにもメキシコ流だ。だが、わたしは一人で、メキシコ・シティに知った人はいない。そのまま荷物一つで、地図をたよりに、地下鉄でバス・ターミナルまでゆく。テポストラン行きのバスを探した。村に宿があるかどうかわからないが、どうにかなるだろうというメキシコ流にしたがう。満員のバスの勤めがえりの乗客のほとんどは、クエルナバカで降りていった。

クエルナバカからはきつい山道になった。テポストランまで、村はない。乗客はわたしのほかは、村の人だろう、一人だけだ。遠くまで見はるかす尾根道にでたところで、日が一どに暮れた。気がつくと、おどろくほどの星の散らばった夜の空が、頭上にひろがっていた。メキシコ・シティは世界でもっとも大気汚染の激しい都市とされる。二十世紀になって都市が失ったのは、星の散らばる夜の空だ。山あいの闇を下った。そこが、テポストランだった。

闇に目が慣れるまで、そこにある村の家がわからなかった。村の家は夜、明かりを外にこぼさないのだ。仄かに奥に明かりの見える通りの家が、村で一軒の店だった。宿をおしえられ、外にでると、音もなく闇のなかからあらわれた七、八人の村の子どもたちにとりかこまれた。宿につれていってくれたのは子どもたちだ。メキシコではメキシコ流が正しい。テポストランの宿はこれ以上はないと思えるいい宿だった。テポストランの名を知ったのは、一冊の小さな本でだ。テポストランは千年におよぶ、国家としてのメキシコよりはるかに長い歴史をもつ村だ。一九四〇年代半ばにこの小さな村をたずねて『テポストラン（Tepoztlán）』という小冊子を誌したのは、後に『サンチェスの子供たち』（日本ではみすず書房ででた）によって一躍世界に知られた文化人類学者のオスカー・ルイスだ。この山あいの小さな村の物語が一人の文化人類学者の手にのこしたのは、今日につづく疑いだった。二十世紀の文明はどのように人びとの心の歴史を襲うだろうか、後にのこるのは人びとの心の歴史の崩壊だろうか、という疑いだ。

朝、目ざめると、村の教会の鐘の音がとても静かに、ゆっくりと鳴っていた。テポストランには、どこともちがう時間があった。

渡辺さんのこと

旅は、海外での車の旅であれば、はじめに飛行機を降りる場所だけ決めてでる。あとは白紙だ。車の旅は天候にしたがわねばならないし、思いがけない状況にでくわすこともしばしばで、予定のない旅になるため、ほとんど道連れのない旅になる。例外は一どだけ、渡辺勝夫さんと一緒にした北米の旅だ。

一九七八年の初春、サンフランシスコで飛行機を降りた。渡辺さんはわたしと同年だ。後で知ったのだが、渡辺さんはＩＣＵ（国際基督教大）で、高校のとき親しかったわたしの友人と同級だった。そもそもは確かな目をもつ練達の編集者として知ったのだったが、とりあえず二人の旅は、車で突っ走る、それだけが目的の旅だった。路上の旅だ。

ミシシッピ河を見にゆこうということで、走りだした。サンフランシスコからミシシッピ河までは、片道だけで大陸をほぼ半ば横断しなければならない。言い合いになったのは、ラスヴェガスでだった。ラスヴェガスに泊まるつもりはなかった。ところがカジノのスロット・マシンにしてやられて、でてきたときは夜半ちかく、もう泊まれる宿はない。

ラスヴェガスは砂漠のなかの街だ。街をいったんでてしまえば、どこまでも砂漠だ。言い合っても、すべきことはきまっている。宿がなければ、街でガソリンを詰めて、あとは走りつづければいい。それだけだ。言い合って地固まるというのが、戦後の最初の新制小学一年生だった渡辺さんやわたしのまなんだ民主主義だ。

ラスヴェガスをでて、真夜中、フーヴァー・ダムの真上を通った。ダムの真上が州境で、州境がタイム・ゾーン（標準時の境界線）だ。そこを越えると、一時間早く朝の時間がくることになる。失った時間を早々ととりかえしたような気分で、州境をまたいだところで、車を停めた。そして渡辺さんはアリゾナ州側に、わたしはネヴァダ州側に黙って立って、二人神妙に、遥かな闇のなかのダムにささやかな小水を献じた。

テネシー州メンフィスで、ミシシッピ河を越えた。それから南に下って、ルイジアナ州ニューオーリンズから西にむかい、テキサス州ラレドからメキシコに入って、北メキシコのチワワ砂漠を走りぬけた。北米のくれる最良の旅は、路上の旅だ。路上の旅には、こうあるべきだという規範は通じない。規範のない旅だ。路上の旅にあるのは、言葉にはとどめにくい「現在」という生きた時間だけだ。

そののちも、わたしはずっと一人で、北米の路上の旅をつづけることになる。路上の旅の「現在」の経験を、アメリカ野ざらし紀行というかたちで雑誌『群像』に連載し、『詩は友人を数える方法』として講談社で本になったのは、渡辺さんと一緒に旅してから、十五年後の冬だ。言葉にしなければ終わらない旅がある。『詩は友人を数える方法』がでたとき、やっと一つの旅が終わったと、渡辺さんは言った。

甲賀流のこと

いまになってみるとそうだったのかと思うのだが、わたしの初めてのエッセーは、装丁家の平野甲賀が初めて自身ですべて装丁した本の一冊になる。最初はイギリスの劇作家アーノルド・ウェスカーの芝居の三部作で、おなじ晶文社からすぐにつづいてでたわたしの本は、つくりはウェスカーの本とおなじ、表紙の両袖をペイパーバック風に深く折り、デザインは古いめずらしい写真を幾枚も濃紺のモノクロでモンタージュしたものだった。

初めてということで言えば、平野の初めての雑誌の装丁は『詩と批評』という雑誌だった。一九六六年に昭森社からでたその雑誌に、故黒田三郎さん、清岡卓行さんとともに編集委員というかたちで一年ほどかかわったとき、わたしは装丁に平野を引っぱりだし、真っ白なマット地に、かぎりなく墨色にちかい灰色になるようグラインダーをかけた磁場のような模様の鉛筆画の表紙が、その創刊号になった。

平野の装丁がつよい印象をのこすようになったのは、装丁の文字をじぶんで書く書き文字にしてからだ。すべて書き文字だけという平野の初めての装丁は、一九七三年に小沢書店でたわたしの『箱舟時代』という、二つの詩と三つのダイアローグからなる本で、茶色の布表紙に箔押しした真っ白な書き文字が、本をくるんだ堅いグラシン紙から透けて見える装丁は、落ち着いた本づくりで知られる小沢書店の本のなかで際立っている。

書名も著者名も出版社名もぜんぶ書き文字というのは、のちに平野の装丁の骨法となるが、『箱舟時代』の場合は、背文字も目次も扉も中扉もすべて自身の書き文字という徹底ぶりだった。書き文字の魅力をものにするまえは、写植（写真植字）を極端に詰め張りした。字間の余白を切ってはぶいて詰める詰め張りは、写植時代の本の文字のデザインの基本だったが、字間を毛ほども開けないのが平野の詰め張りだった。

詰め張り文字から書き文字へ、平野の装丁を近しいものにしてきたのは、文字のかたちに手作業の痕跡をはっきりとのこすという姿勢だ。どこか一九二〇年代のノイエ・ザハリヒカイトという芸術運動が生んだ意匠を思わせるが、芸術家といった意識にくもらされずに、むしろ平野の文字が感じさせるものは、職人の心意気にちかい。書家の書法から遠く、甲賀流ともいうべき忍法みたいな自在さのために、へんな堅苦しさがない。

同世代として、初めて本を手がけてくれたときから同時代を共にしてきた仲間の気分を分けあって、三十年経って、気がつけばわたしの本のうち、ざっと二十冊は平野の手になっている。数年まえに目を痛めてから、平野の仕事はそれまでの手作業からマッキントッシュによる作業に変わったが、微妙なニュアンスの欠けやすいコンピューターの精密さにむきあって、文字のかたちに、人間的な表情をとりもどそうという甲賀流は変わらない。文字ヅラ（面）という。いい文字というのはツラ構えのいい文字だ。

一緒にした仕事のこと

詩を書くこと、本を書くことは一人でする仕事だ。だが、一人でする仕事であると同時に、それは人と一緒にする仕事だ。とくに絵と一緒の仕事のおおい子どもの本は、そうだ。『ねこに未来はない』という本を物語エッセーというかたちで書いたとき、それは雑誌の連載から生まれたが、初めから挿絵は長新太さんだった。長さんの絵はまったく独特だ。真似のできない微笑のこもった線で、頑ななこころをくだく絵を画く。

言葉の行間を明るくしてくれるような絵だ。『猫がゆく』というもう一つの物語エッセーを書いたときも、雑誌のときから、挿絵は長さんだった。長さんの絵と組むと、言葉に生気がでてくる。子どもへの贈りものとして書いた絵本の絵も長さんだった。絵本の主人公は青いシマシマ帽子で、長さんの画いた青いシマシマ帽子をかぶった自由の女神の絵はそのへんにちょっとない、あっというような傑作だ。

『深呼吸の必要』という、晶文社ででたわたしの詩集のカヴァーは、大橋歩さんだ。大橋さんの仕事のなかでも、詩集というのはたぶんそれだけだ。絵はもちろん、カヴァーの文字も大橋さんの書いた文字だ。今日の言葉やイメージに乏しいのは、なによりも生き生きとした触感だ。けれども、大橋さんの絵と文字には、あたたかみのこるふしぎな手ざわりがある。部屋の壁に猫の二枚の小さな絵が掛かっている。猫の絵は画いたことがなかったという大橋さんが額におさめて送ってくれた、大橋さんの画いたオレンジ色の元気な猫の絵だ。

刺激的だったのはヴィジュアル・デザイナーの石岡瑛子さんとの仕事だ。一九七四年にわたしの二十代のエッセーが四冊にまとめられたとき、その装丁ではっきり一つの表現としての本のあり方を差しだしたのが石岡さんで、それは石岡さんの装丁の代表作の一つと目される。都市の肖像をテーマに、読売新聞で一緒にした連載もそうだ。それはいわば言葉とイラストレーションによる対話で、石岡さんの幾何的な鋭い図柄がたたえるポエジーはじつに魅惑的だったが、やがて石岡さんは活字の世界から遠ざかる。

作曲家の湯浅譲二さんと一緒につくったのは校歌だ。湯浅さんとわたしは、生まれそだった地方をおなじくする。新しくできた福島東高校の校歌をつくることになったとき、よみがえったのは風のなかでそだった少年の日の記憶だ。歌は記憶の刻み目だ。湯浅さんとはもう一ど、少年の日の記憶にみちびかれて、火山の麓の街でひらかれた国民体育大会の、開会の火をともすときの合唱曲をつくる。純粋な音を追求してきた湯浅さんの仕事を知る一人として、まったくちがった場での一緒の仕事は新鮮な楽しみだった。

しかし、そういうふうに仕事を一緒にしてきて、長さんとも大橋さんとも石岡さんとも湯浅さんとも、じつは一ども会ったことがない。仕事そのもののなかに出会いがあって、仕事そのもののなかに会話がある。のぞむべきは一人の仕事のそのようなあり方だ。

そのとき話したこと

対談座談というかたちで、そのときどきに人と話したことのおおくは、そのときかぎりになる。けれども、そのとき話したことが、どこかでこころの起点になって、それから記憶の糸巻棒のようにずっとのこるということがある。

「ぼくの場合、たとえば政治というような言葉で自分が考えるものはいろいろな事件というかたちでじゃないということが大きいのです。つまり、自分の生活のもつ質感をくぐってしか、政治という言葉で即座にピンとイメージするものはないのです。だからTVが（路上の政治的な行動を）あたかも実況放送のように報道してはいても、しかしそこからはいわゆる現実感というものは、全然受けなかったといっていいと思います。現場はTVを見ているわたしたちの内部にもまたあるので、その点をぬかしてしまうと、（政治が）事件という歴史の忘れ方にすりかわってしまう」（きわめて先

鋭的な政治の季節だった一九六八年冬、雑誌『朝日ジャーナル』で）

対談で、五木寛之さんの「やはり詩人の仕事というものは洗濯屋だというふうに思うわけです。何の洗濯屋かというとやはり、言葉の洗濯屋であり魂の洗濯屋であると。洗濯屋なんて言っちゃ叱られるかな（笑）」という発言をうけて、わたし。「つまり、創造っていうものは、英語の場合でいう、その頭にリ（re-）がくっついたものなんですね。リというものが必要だ。日本語では再となるわけだけれども、本当は再というような再創造とかいった感じじゃなくて、やっぱりリ（re-）という方法意識」（七〇年秋、それは意外なことに、対談の名手である五木さんの最初の対談集の、最初の対談だった）

「たとえばアメリカで、黙ってポスト・ウォーって言いますとね、遥か遠く南北戦争以後になっちゃう。で、フランスの場合だと、戦後って言うと第一次大戦後。それがスペインではスペイン市民戦争後です。戦後という言葉は同じなんですが、それが意味する時代はガラッと変わってきちゃう。ということは、戦後という言葉がなりたつのは、単に戦争の後の時代ということではなく、そこで言葉の体系というか、ありようというか、実体というか、ラディカルに変わったという時代のことなわけですね。

時代の全体的な感受性の問題なんです」（戦後という時代について、七二年夏、雑誌『現代詩手帖』で）

「金子光晴は〈一冊の詩集〉という詩のかたちを大切にした詩人。いつも〈一冊の詩集〉をもとめて詩を書いた。一篇一篇の詩を集めて詩集をつくるのじゃなしに。好きな詩集は、ぼくは『人間の悲劇』です。すごく目にいい詩集ですね。読むと生のかたちがきちんと見えてくる」（七五年秋、詩人金子光晴没して、談話をもとめられて）

光陰矢のごとし。されど手に弓はのこるべし。たとえ時は過ぎても、言葉はとどまる。

鶴見さんのこと

人と話すということは、まず他人という存在を容れる。そこからもう一ど考えるということだ。思想の言葉は、もう一ど考えるというところからはぐくまれると思う。そのように対話をとおしてもう一ど考えるという場にいつも身をおくということを、鶴見さんはしてきた。対話は鶴見俊輔という思想家にとって、思想の本質をなす。

鶴見さんは思想を、壁のような体系にしない。ひとが息するのに必要な新鮮な空気のようにする。鶴見さんと場を共にして話したことは、わたしの場合、潮出版社でた高畠通敏さんをまじえた『日本人の世界地図』、なだいなださん、山田慶児さんをまじえた『歳時記考』、晶文社でた『旅の話』、それに『対話の時間』におさめた対話をふくめて、四十回ほどになる。一どもおなじ話だったことがない。

いまでも覚えているのは、対話ではなかった対話だ。東京吉祥寺で会って話した。

鶴見さんは話のテーマを手短かに話し、あとはテープのまわっているあいだ、一言も話さない。黙ったままの鶴見さんをまえに、わたしだけが話した。のちに人文書院ででた『一人称で語る権利』にある「ウソからでたマコト」がそうだ。言葉になっているのはわたしの話したことだが、それは言葉と沈黙の対話だった。対話は話を交わすことがすべてではない。沈黙にむきあうこともまた対話であることを、そのとき鶴見さんにまなんだ。

もう一つ、覚えているのは、今江祥智さんがインタヴューした子どもの本をめぐる鶴見さんの話だ。そのとき鶴見さんは、ショウガパンの兵士について話している。ショウガパンの人形（ジンジャーブレッド・マン）が自由をもとめて逃げだすという話は、英米の子どもたちに古くから広く親しまれてきた話だが、じつはそれはショウガパンの兵士の話ではない。あとで確かめて、鶴見さんがジンジャーブレッド・マンの話を、ショウガパンの兵士の話として記憶していることを知った。

ヴェトナム戦争の時代、鶴見さんは軍を脱走したアメリカの若い兵士たちを助けた。おそらくそのことがジンジャーブレッド・マンの話の記憶に重なって、自由をもとめて逃げだすショウガパンの兵士という話になったのだ。その鶴見さんの無意識の再話に拠って、『食卓一期一会』という晶文社からでた詩集に、わたしは「ショウガパンの兵士」という詩を収めた。

テイタム・オニールが一九三〇年代のとんでもないガキを演じたピーター・ボグダノヴィッチの映画『ペーパームーン』に、ショウガパンのでてくる印象的な場面がある。その『ペーパームーン』の少女とおなじガキが、鶴見俊輔という対話的精神のなかに棲んでいる。鶴見さんは一九三〇年代の終わり、ニュー・ディールの時代に、北米で一人で暮らした十代の少年だった。鶴見さんは『ペーパームーン』の少女と同世代なのだ。『ペーパームーン』の少女が旅をしながらこの世界にもとめるのはただ一つ、対話だ。つねに自由と連れだっているのが対話だ。

井の頭線沿線のこと

三十年近く、井の頭線沿線で暮らしてきた。井の頭線に乗って、久我山駅にくると、一九六〇年の冬に二十一歳で死んだ一人の青年のことを思いだす。青年とわたしはおなじ年齢だったが、わたしが青年について知ったのは、自殺後に青年の遺した一冊の歌集によってだ。

血と雨にワイシャツ濡れている無援ひとりへの愛うつくしくする

遠い時代の碑銘のように、岸上大作の遺した歌がこころにのこっている。「久我山は僕の好きな町です。学校のある渋谷までは電車で二十分。久我山はたんぼと畑と林ばかりの町です」。岸上がそう記した六〇年前後の久我山界隈の風景はすでに一変し、いまは静かな家並みがつづく。それでもそこここに、まだ武蔵野の面影が感じられる。

久我山を過ぎると富士見ケ丘駅。『夏の花』の作家について書くために、原民喜の本を借りに、つてを得て義弟にあたる佐々木基一さんの富士見ケ丘の家を訪ねたのは、六四年の初夏だ。広島で被爆、五一年に自殺した原民喜の作品は、死後十年ほどして編まれた作品集さえ入手がむずかしく、すでに原民喜は忘れられた作家に数えられようとしていた。

生前の原民喜を知らない世代による最初のエッセーだったわたしの文章は、思わぬ結果を生んだ。編集者の矢牧一宏さんの手で芳賀書店から初の原民喜全集がでることになって、わたしは解説を書くことになる。これからの原民喜は、原民喜を知らなかった人たちのものだ。佐々木さんはそう言って微笑した。佐々木さんも、矢牧さんも、いまは亡い。

永福町駅。昼さがりの電車に米川和夫さんが乗ってきた。そのままがらがらの車両の端の席に身を沈めていた。声をかける間もなかったが、具合が悪そうに見えた。訃報を聞いたのは、程なくしてだ。八二年の冬だ。ポーランドの現在を生きる文学者たちの切実な声を、読みごたえのある日本語をとおして手わたしてくれた一人が、米川さんだ。

「せわしないとりどりの仕事にまぎれ、忘れていたこと。やはり死ななければならぬということ」(ルジェーヴィチ)。だが、その死はいかにも早すぎた。たくさんのカナリアのいる部屋で、膝に猫をのせて仕事をするのがつねだったという米川さんの最良の仕事は、詩人の中村稔さんによって編まれた一冊のポーランド詩集に遺されている。

東松原駅。小野二郎さんの死の知らせを聞いて東松原駅に下りたのは、八二年晩春の夜だ。十九世紀英国の創造的な思想家ウィリアム・モリスをわれわれの同時代人としてよみがえらせようとした小野さんが問いつづけたのは、社会の力こぶをつくる思想の明るいあり方だ。だが、頑健な思想の持ちぬしを、思いがけず心筋梗塞が襲う。死はあまりにも突然だった。

東松原駅は、あじさいの駅だ。梅雨にはいってあじさいの季節がくると、駅の構内のあじさいがいっせいに花ひらく。あじさいの花の季節がめぐってくると、さらに一年が過ぎたと思う。あじさいの花がいま、ここに不在の人を思いださせる。駅には物語がある。わたしの場合、井の頭線の駅の一つ一つは過ぎた日の記憶に重なる。

カンチェーリのこと

海外にでたのは一九七〇年代になってすぐだった。そのころわたしのいった国々のほとんどは、あるいはすでになくなり、あるいはすでにまったくちがう国のようになった。はじめに変わるのは政治だ。しかし、変わったことをほんとうに実感させるのは、その後の文化の立ちあがりだ。

ロシアがそうだ。ソヴェトが崩壊すると、それまでロシアの声を伝えてきた文学者たちの声が、いまはほとんど聞かれない。ロシアの場合、新しい声となったのは音楽だった。国境が自由に往来できるようになって、まずずっと閉ざされていた国境の外にでたのは、いわゆるクラシック、それもそれまで知られることのすくなかった新しい作曲家たちのつくった音楽だ。

政治の重荷がとりのけられて、それまでの、たとえばショスタコーヴィチの遺した音楽の表情が新しい演奏によって一変したのも印象的だったが、なにより印象的だったのは、ソヴェトの崩壊直前にいっせいに姿をみせた、アルヴォ・ペルトやロディオン・シチェドリンやソフィア・グバイドゥーリナのような音楽家たちの音楽だった。ギヤ・カンチェーリの音楽を知ったのは、もうすこし後だ。いまはグルジアを離れているグルジアの音楽家。一九三五年生まれ。その、日本で言えば還暦の音楽家（ペルトもシチェドリンもグバイドゥーリナもそうだ）の音楽が、二十世紀の終わりちかくになって新しい音楽としてとどく。しかし、聴いて胸突かれたのは、その澄みきった音に刻みつけられた、するどく緊張にみちた沈黙だった。

沈黙は音楽から生じる。そして沈黙そのものがときには音楽となることがある。そのような沈黙に達すること。そして、人びとに棄てられた空間を、沈黙によって満たすこと。——自身の音楽について、カンチェーリはそう自注している。わたしは、少年の日に手回しの蓄音機で初めてシューベルトの「楽興の時」を聴いたときから、いつもずっと音楽を聴いてきた。だが、音楽を聴くことで、聴いてきたのは音楽がそこにつくりだす沈黙だったのだと思う。

二十世紀という時代は日々のすみずみまで、大量の音という音に埋めつくされてきた時代だ。けれども、そうして慌ただしく消し去られてきたのが、じつは沈黙であること。そうして失われてきたのが、こころの奥行きをつくるべき沈黙のおおきさ、深さであること。カンチェーリのような、ソヴェト崩壊後に登場してきたけっして若くない新しい音楽家の音楽は、そのことを痛切に思いださせる。

カンチェーリの音楽を聴きかえすたびに感じるのは、記憶の力ということだ。過ぎた日をふりかえると、音の記憶はあっても、記憶には音がないということに気づく。音ではないのだ。記憶の力は、そのときこころの置き場所となった沈黙だけを、いま、ここにありありと取りだす。

三匹の猫のこと

生まれたときからおおきかったので、テキサスと名づけた。テキサスが一番上の雄猫だ。母親はテキサスを生んでまもなく、車に撥ねられて死んだ。テキサスは家で生まれた最初の猫だったが、一年後、遠くの猫好きの家で生まれたちいさな雌の子猫を引きとる。シカゴと名づけた。その一年後、シカゴは子どもを生み、子猫たちは知り合いにもらわれていったが、家に一匹だけのこり、それからはずっと三匹の猫と暮らしてきた。

一番下のシカゴの子どもの雌猫は、白い靴下を履いたような四本の脚をしていて、ホワイトソックスと名づけたものの、呼び名としては長すぎて、いまではただのソックスだ。北米ホワイトハウスの猫と同名ということになるが、ホワイトハウスのソックスは黒と白、家のソックスはアカトラ。テキサスも、シカゴもアカトラで、しかも三匹そろって、長いまっすぐな尻尾をもっていて、ちょっと見には区別がつかない。一番上のテキサスと一番下のソックスは父親がおなじ兄妹で、仲がいい。しかし、いまも一番身体のちいさなシカゴは、子猫のとき面倒をみてもらったおおきなテキサスには心服するが、じぶんよりずっとおおきくなった子どものソックスにはそっぽをむき、座をけっして共にしない。そうであって、三匹の猫のあいだにははっきりと生活のルールがあり、そのルールをおたがいきっちり順守する。そうして、日々を分けあっている。

テキサスは目鼻立ちのととのった猫で、自尊心が高く、甘えるということをいっさいしない。猫には猫の自由があるという生き方をゆずらず、テリトリーを侵す外の猫に断固として対する。そのために、猫には九つの命があるというが、すでにそのうちの五つは失っている。腹に大傷を負ったときは、ミルクを飲んでも、ミルクが傷口から噴水のように飛びだした。大事な歯も一本折ってしまった。骨折してから、右の前脚も悪い。

しかし、毅然とした姿勢はあいかわらずだ。シカゴはおおきくなってもちいさいままだが、自由気ままな猫だ。そのぶんおそろしく用心ぶかく、人を瞬時に見分け、ただの一ども怪我をしたことがない。ソックスは慎ましい猫で、びっくりするほど清潔であることにこだわる。いつもまぶしいほど足の裏が白い。ちょっと見には区別がつかなくても、三匹ともじつに個性的で、まったくといっていいほど習性がちがう。テキサスはすでに十六歳。シカゴは十五歳。ソックスも十四歳。テキサスはかつてのしなやかな跳躍力を失った。じぶんでできること、できないことを正確に判断して生きるようになった。シカゴは甘えるようになった。ソックスは呑気になった。人間に先んじて、猫は老いる。生きものは賢い。猫たちはじぶんの老い方を知っている。

幼い日から、いつも生きものを飼って一緒に暮らし、わたしは生きものたちの死によって、死についておおくをまなんだ。いま、三匹の老いた猫と一緒に暮らし、老い方についておおくをまなぶ。人間はみずからまなばなければ何もできない、無知な生きものなのだと思う。

II

無音の音楽、見えない舞台

ケーベル先生は、シューベルトびいきだった。内に蔵する音楽の豊富なという点では、いったい誰がシューベルトに匹敵しうるかといい、ベートーヴェンといえども覚束ないという。ウェーバーのオペラ『魔弾の射手』も大のひいきで、モーツァルトのオペラといえども、なおこれにおよばないという。

もちろん通俗的といわれるかもしれないし、そのことを認めるにやぶさかではないが、そうした音楽的な価値というより、なによりも「私の愛するドイツに対する私の憧憬」ゆえに、とケーベル先生はいった。ちょうどシュヴァルツヴァルトの小さな農夫の家が、ケルンの大聖堂よりも、「私の愛するドイツに対する私の憧憬」を誘うように、と。

ケーベル先生といえば、明治二十六年、一八九三年に招かれて日本にきて、それから二十一年のあいだ一ども帰国せず、東大で哲学を講じ、漱石が私淑したことはつとに知られる。だが、教壇を去って、いざ帰国というとき、第一次大戦がはじまって、さらに九年の日々を横浜で送り、それきり「私の愛するドイツ」には帰らないままに没している。

その先生の孤独の終生のなぐさめだったのが、音楽だ。もともとはロシアでドイツ系ロシア人の家に生まれ、モスクワの音楽院でピアノを学び、東京にきてからも上野の音楽学校でもピアノを教授していたほどであれば、ケーベル先生にとって、音楽は人生の一部だった。だから、先生は毎日、一人、音楽を聴いていた。

だが、明治の東京で、先生は毎日のなぐさめに、どうやって音楽を聴いていたのか。もちろん、まだ演奏会はのぞむべくもなく、そしてレコードの時代もやってきていない。ピアノをもっていたが、自由に弾くことは憚られる。そうであれば、先生は、ただひたすら楽譜を読むことで、毎日、音楽を聴いて、一人なぐさめとした。

そのようにして読む音楽は、もっともうつくしい音楽であろう、と先生はいう。なぜなら、そうやって読むことによって、「無音の奏楽とそうしてとくに見えざる演奏家」を楽しむことができるからだ。それはこのうえない悦びだ。「かくすれば私は完全に演ぜられたるそれらの曲を心耳をもって聴くことができる」からだ。

音楽の環境そのものが天と地ほどもちがっている今日、音楽は当然のごとく、ゆたかな音を競う音楽になった。しかし、とおもう。音楽がすべて「音の音楽」になったとき、音楽の世界から、ケーベル先生のこよなく楽しんだ「無音の音楽」の悦びが、じつは失われてしまったのではあるまいか。「心耳」という言葉も、いまはめったに聞かない。

話は変わる。

昭和三十年、一九五五年十月二十六日の朝日新聞の「声」欄に、「舞台の中継放送」という福島の高校生の投書が載っている。一九五五年というと、ラジオの黄金時代だ。メディアとして社会にもっともおおきな影響力をもっていたのは、活字メディアとともに、ラジオだった。TVの時代は、まだきていない。

「◇先日の紙上で、高村光太郎先生が舞台中継の廃止ということを述べておられましたが、僕は反対です。舞台中継というのは、演劇公演の少ない地方にとって、演劇と地方民の間のキズナだと思います。脚本片手に、舞台を想像しながら、ラジオを聴くのは、公演とは別な気持ちです。僕には先日の『なよたけ』だってとても、たのしかった。
◇僕は新劇しか聴かないけれども、カブキ、新派の中継を聴く人も多いのです。今は大阪にいる僕の祖母がカブキの中継を目を細めて聴いていたのを覚えています。先生の意見も識者には、もっともでしょうが、僕には、それでは演劇をますます多くの人から離してしまうだろうと考えられます。ＮＨＫ、民放各社は、どうか今後も舞台中継を続けていって下さい」

舞台には役者がいる。身のこなし、しぐさ、目の動き、手の動き、その一つ一つの「見える」魅力が舞台の魅力であり、化粧、衣装、そうして装置、照明がつくりだす現場の魅力もまた、舞台がもつ「見える」魅力なればこそだ。それをラジオでやっても、どうしたって「見える」魅力を、直接そのままつたえることなどできない。

しかし、すこしちがうのだ。そのために、あらゆる工夫をこらしてつくられたラジオの舞台中継は、「見える」魅力をもたない代わりに、それを聴くものに「見えない」舞台への想像力を掻きたてた。つまり、ラジオの舞台中継は、目をつぶって見ることのできた舞台だった。この朝日新聞の「声」欄に投書した高校生は、十五歳のわたしだった。

ラジオの舞台中継は、「見える」魅力をもつTVの時代がきてなくなったが、舞台がすべて「見える」舞台になったいま、逆に、ラジオの舞台中継を深くささえていた言葉の魅力、言葉の悦びは、いつか舞台の世界から失われてきてしまったのではあるまいか。得たものはつねに、失ったものに比例している。

露伴のルビのこと

幸田露伴の文章を読むのが好きだ。目で読んで耳にひびくような、明治の人の張りのある文章。文語体であっても、文語体特有のリズムがいってみればジャズのドラムスのように、歯切れよく感じ考えるリズムをきざんで、いま読んでもじつにすっきりとしている。そして、その文章でひときわ際立つのが、露伴が文章に多用するルビだ。そのルビには独特の喚起力があり、それが露伴の文章に、文字通り独特の魅力をそえている。

ルビというのは、ふりがなのことだ。ふりがなは、むずかしくてまず読めないような漢字にそえる。ルビは知らない漢字、むずかしい漢字を読むための、日本語ならではの工夫で、子どもの本にはいまもしばしばつかわれるけれども、大人の読む本も、昔はたいていはルビ付きだった。けれども、露伴のルビのつけかたはちがうのだ。むずかしくて読めないから、ルビをつけるというのではない。

たとえば、露伴に『論語』と題された一冊の本がある。もともとは一冊の本として書かれたものでなく、『論語』をめぐる露伴の積年のエッセーをあつめた本なのだが(一九四七年刊、中央公論社)、論じられるのが『論語』とあれば、のっけから問われるのは言葉の読みかただ。なにしろ二千年を生きてきた言葉だ。含蓄にとむその言葉の一つ一つは、読みかたによって、言葉のニュアンス、意味の奥行きまでも、微妙にちがってくる。

『論語』は、中国の古典のほとんどとおなじく、読み下された日本語によってひろく親しまれてきた。読み下しというのは、まことに巧妙にかんがえられた読み方だと思うのだが、その読み下しに、欠かすことのできないのがルビだ。わたしのようにはじめから読み下された文章によって『論語』になじんだものは、そもそもルビにみちびかれて『論語』にみちびかれたのだ。しかしそのルビは、ただのふりがなというのとはちがう。

『論語』の最初の一行は、「学而時習之、不亦説乎」。孔子の言葉だ。普通は「学びて時にこれを習《なら》う、また説《よろこ》ばしからずや」(「ものを教わる。そしてあとから復習する。

なんと楽しいことではないか」）と読み下す。露伴の『論語』の読み下しは、ちがう。露伴は「学びて時にこれを習《かさ》ぬ、また説《よろこ》ばしからずや」とした。最初の一行からして、もうただのふりがなではない。その言葉をどう読むべきか。それが露伴のルビなのだ。習はならふと訓ずれど、かさぬと訓ずる方、此処にては意《こころ》明かに見《あら》はる、と露伴はいう。鳥の雛のハタ〳〵と幾度と無く飛び習うを習といふ。習の音は羽下の自より来れるなり。数々《しばしば》飛ぶを習といふ。学習の二字の禽の事に用ゐられたる例は、礼記に見えて、月令季夏之月の條に、鷹乃ち学習すとあり。又人の事に学習の二字の用ゐられたる例は、同じ月令孟春の條に、是《この》月や楽正に命じ、入つて舞を学習せしむと見えたるあり。

鷹の搏《う》つも、人の舞ふも、皆数々《しばしば》して後に漸く之を得るなり。だから、習を習《かさ》ぬとするといい、「習の字の味、おもひ知るべし」と、露伴はきっぱりといいきっている。こうした『論語』の独自の読み下しにみられるように、露伴のルビは、その言葉が秘めるおもいがけない「字の味」を引きだしてきて、その言葉のもつ深い意味をさらにひらくのだ。読むうちに、まるで目薬をさされたように、目が洗われる。

他と書いて（ひと）。仁和と書いて（やはらかみ）。神と書いて（こころ、たましひ)。差と書いて(けぢめ)。酷くと書いて(よく)。錯らずと書いて(あやまらず)。正當と書いて(ほんたう)。そうした露伴のルビのつけかたには、言葉にたいする思慮が籠もっている。言葉がつくすべき情理をつくし、きれいな後味をのこす露伴の文章を読むと、言葉がおよそ信じられていない今日にあって、なお言葉は信じるに足るのだと思える。

三冊の聖書のこと

どこでもいい。開いたところから読む。読みはじめると、引きこまれる。そのままおもわず読みすすんでしまう。言葉はシンプルだ。だが、どのページのどの一行にも、そこから次の行、次のページに誘いいれる言葉が立ちあがってくる。聖書はふしぎな本だ。信仰をもたないからかもしれないが、最初から最後までずっと一どに読みとおすということをしたことは、一どもない。いまでも聖書は、わたしには、いつどこから読んでもいい本、つねに読み終わるということのない、開かれた本のままだ。

はじめて手にした聖書は口語訳の小さな新約聖書だったが、それをいつか失くしてしまったあと、親しく読むようになったのは、旧約新約をともにおさめる二冊の聖書だ。二冊というのは、文語訳聖書と、口語訳聖書で、まったくちがった日本語によるおなじ本を、同時に、そのときそのときの気分でどちらかを読むというような経験をもった本は、聖書のほかにない。その二冊は、おなじ本なのだが、ちがう本なのだが、おなじ本だ。聖書はやはりふしぎな本だ。

太初《はじめ》に言《ことば》あり、言《ことば》は神《かみ》と偕《とも》にあり、言《ことば》は神《かみ》なりき。この言《ことば》は太初《はじめ》に神《かみ》とともに在《あ》り、萬《よろづ》の物《もの》これに由《よ》りて成《な》り、成《な》りたる物《もの》に一《ひと》つとして之《これ》によらで成《な》りたるはなし。之《これ》に生命《いのち》あり、この生命《いのち》は人《ひと》の光《ひかり》なりき。光《ひかり》は暗黒《くらき》に照《て》る、而《しか》して暗黒《くらき》は之《これ》を悟《さと》らざりき。

聖書のなかでもひろく知られる、新約の「ヨハネ伝福音書」の冒頭の一節。「初めに言葉ありき」という名文句で一般に知られるが、その名文句どおりの言葉は、文語訳聖書（改訳版）にはない。江戸時代の古訳は「ハジマリニ　カシコイモノゴザル」だったらしい。この一節は、口語訳聖書では「ヨハネによる福音書」として、ずっとながいあいだ次のようだった。

初《はじ》めに言《ことば》があった。言《ことば》は神《かみ》と共《とも》にあった。言《ことば》は神《かみ》であった。この言《ことば》は初《はじ》めに神《かみ》と共《とも》にあった。すべてのものは、これによってできた。できたもののうち、一つとしてこれによらないものはなかった。この言《ことば》に命《いのち》があった。そしてこの命《いのち》は人《ひと》の光《ひかり》であった。光《ひかり》はやみの中《なか》に輝《かがや》いている。そして、やみはこれに勝《か》たなかった。

この口語訳聖書（一九五四年訳）の日本語は、意味の力にたよって読まなければならないというどこか舌足らずな点で、自由な言葉とはいいにくかった。二つの聖書を併せ読むことでいまさらのように知ったことは、文語は古い日本語というより完成された日本語だということ、そして、口語はわかりやすい日本語というより、言葉として磨かれなければむしろわかりにくい日本語になるということだ。それはべつに聖書にかぎらない。

三冊目の聖書となったのは、一九八七年にでた聖書新共同訳（口語訳）だ。プロテスタントとカトリックの両教会が共同して訳したこの新しい聖書には、信仰をもたないものにとっても、聖書を読むことをこころのたのしみになしうるような親しみやすい魅力がある。もしそういってよければ、無類の物語としてのおもしろさと、そして緊張もだ。その「ヨハネによる福音書」の最初の一節、初《はじ》めに言《ことば》があった。言《ことば》は神《かみ》と共《とも》にあった。言《ことば》は神《かみ》であった。この言《ことば》は、初《はじ》めに神《かみ》と共《とも》にあった。万物《ばんぶつ》は言《ことば》によって成《な》った。成《な》ったもので、言《ことば》によらずに成《な》ったものは何一《なにひと》つなかった。言《ことば》の内《うち》に命《いのち》があった。命《いのち》は人間《にんげん》を照《て》らす光《ひかり》であった。光《ひかり》は暗闇《くらやみ》の中《なか》で輝《かがや》いている。暗闇《くらやみ》は光《ひかり》を理解《りかい》しなかった。

ただ、新しい聖書で意外だったのは、わたしが旧約のなかでももっとも親しみをもって読んできた一つ、「伝道の書」が「コヘレトの言葉」というふうにあらためられて、すっかり変わってしまったこと。文語訳聖書の「傳道之書」の一節、

　世《よ》は去《さ》り世《よ》は來《きた》る　地《ち》は永久《とこしなへ》に長存《たもつ》なり　日《ひ》は出《い》で日《ひ》は入《い》り　またその出《いで》し處《ところ》に喘《あへ》ぎゆくなり　風《かぜ》は南《みなみ》に行《ゆ》き又轉《まは》りて北にむかひ　旋轉《めぐり》に旋《めぐ》りて行《ゆ》き　風復《かぜまた》その旋《め》轉《ぐ》る處《ところ》にかへる　河《かは》はみな海《うみ》に流《なが》れ入《い》る　海《うみ》は盈《みつ》ること無《な》し　河《かは》はその出《いで》きたれる處《ところ》に復還《またかへ》りゆくなり

ヘミングウェイの『日はまた昇る』が、その扉に掲げられたこの一節に由っていることは知られている。聖書新共同訳の「コヘレトの言葉」では、こうあらためられている。

一代過《だいす》ぎればまた一代《だい》が起《お》こり、永遠《えいえん》に耐《た》えるのは大地《だいち》。日《ひ》は昇《のぼ》り、日《ひ》は沈《しず》み、あえぎ戻《もど》り、また昇《のぼ》る。風《かぜ》は南《みなみ》に向《む》かい北《きた》へ巡《めぐ》り、めぐり巡《めぐ》って吹《ふ》き、風《かぜ》はただ巡《めぐ》りつつ、吹《ふ》き続《つづ》ける。川《かわ》はみな海《うみ》に注《そそ》ぐが海《うみ》は満《み》ちることなく、どの川《かわ》も、繰《く》り返《かえ》しその道程《どうてい》を流《なが》れる。

その言葉によって経験したことというのは、言葉がちがってしまえばちがってしまう。だから、のぞむべき聖書新共同訳を手にしたいまでも、やはり文語訳聖書も、いままでの口語訳聖書も、手元にずっと置いたままだ。三冊のおなじちがう本。聖書はやはりふしぎな本だ。

戯れの二篇の詩のこと

もっぱら読むということによってしかありえない、読むことの楽しみによってしかもたらされることのない「作品」がある。それは「作品」であって、「作品」ではない。「作品」ではないのだが、それでもやはり「作品」としかいえない。ホンモノではない。異文ともちがう。偽作でもない。パロディというのでもない。ニセモノであって、しかもニセモノではない。その「作品」をつくったのは、作者ではない。読者だ。

たとえば、T・S・エリオットの次の「作品」だ。もちろん、これは一行一行、どれもエリオット自身が書いた言葉（の訳）だ。けれども、エリオットの本のどこをひらいても、この「作品」を見いだすことはできない。じつは、どこにもない一篇の詩だからだ。

およぶ限りの言葉をつらねてきた人が家を出て
あまり遠くない火と薔薇の園へ去ってゆく日だ
言葉によってわれわれの心の根を育ててくれた人が
虎のように新たな年へ跳躍する日だ
三十年も前から老詩人は岩の上に在って
収穫は念頭におかず正しく種蒔くことを考えてきた
すべてのものの意味を問うてきた老詩人は
魚のように酒を飲んだが溺れはしなかった
秩序の必要を説いてきたわれわれの父が
なんで虚ろな男なものか、蟹の鋏であるものか
父は沈黙の力を知っていた
善と悪との永遠の闘争の不変さを覚っていた
ああ、母親たちの嘆きに似た音が
空中高くから聞こえてくる

すぐれた詩人は食後の昼寝からさめて
やおら立ち上ったのだともいえよう
それから鳩の舞っている道を去ってゆくのだ
この世界がどうなっても
もう自分には責任がとれないのだと思いながら

仮りに「T・S・エリオットを悼む」と名づけることのできるこの一篇は、一九六五年にエリオットが死んだときに、中桐雅夫氏がつくったエリオットの「作品」だ。この「作品」は、エリオットの詩劇と詩とから言葉を採ったもので、「思いあたるところでにやりとして、読んで戴ければ結構である」という注記が添えられている（日本読書新聞一九六五年一月十一日号）。おかしなことに、エリオットというとき、いまでもまずおもいだすのは、詩人の死の記憶とともにのこった、エリオットが書いたのだが、エリオットがつくったのではない、このどこにもない一篇だ。

もう一篇、これは萩原朔太郎の「作品」。この「作品」もまた、朔太郎が書いたのだが、朔太郎がつくったのではない、どこにもない一篇だ。四連からなる「作品」のうちの初連と三連を引く。

初めて読んだ朔太郎の詩は「猫」だった
「おわあ　こんばんは」「おわああ　ここの家の主人は病気です」
僕は驚いて　ネギやハキダメのごたごたする古い美学の織物工場から
わあッと言って飛び出しちゃった
僕は永く熱に憑かれて　やつれた顔はくもの巣だらけとなり
しのめちかく　さみしい道路の方で吠える畸形の白犬を聞いた
それから人気《ひとけ》のない夕暮れの由比ケ浜で
ぬれた渚路《なぎさみち》を腰から下のない病人の朔太郎が
ふらりふらりと歩いていた

（……）

「荏原郡馬込村」の仙骨をおびた詩人
「昭和初年のインテリ作家」のうちでの現実にうとい滑稽な夢想家「浮気な文明」
泥酔して道ばたに倒れていた詩人を飼犬のノネが見つけたという

日は空に寒く　どこでもぬかるみがじめじめした道につづいていた
その頃　僕はひとりで旅にでて　夜汽車に乗っていた
何処へゆくのか　汽笛は闇に吠え叫び　火焔《ほのほ》は平野を明るくした
夜明けに見知らぬ寒村の駅に着くと
便所の扉が風にふかれ　新しい柵の白いペンキの匂いが眼にしみた
とをてくう　とをるもう　とをるもう

「萩原朔太郎」と題されたこの一篇は、朔太郎五十年祭なる催しのあと、一九七七年に富士川英郎氏がつくった「作品」で、やはり「もしも、朔太郎の詩によく通じたひとがあって、この詩のなかに鏤められているかずかずの朔太郎の詩句に気づいて、微苦笑してくれることがあれば、幸いである」という注記が添えられている（『書物と詩の世界』玉川大学出版部）。朔太郎の詩の言葉の記憶がそのまま、一人の記憶のなかに時の痕跡としてはいりこんでいるこの「作品」は、朔太郎の詩の言葉が落としたこころの影だけでできている。言葉の影としての「作品」だ。

どこにもないこの二篇の「作品」は、戯れの「作品」だろう。けれども、その言葉を読んだといえるだけの経験がなければ、そしてその確かな経験のなかに、みずからこころを自在に遊ばせることができなければ、戯れの「作品」もまたないだろう。戯れの二つの「作品」はさりげなく、言葉のくれる公然の秘密を明かしている。言葉には、「私」の言葉なんてない。「私」の経験があるだけだ。言葉を読むとは、「私」の経験によって、言葉を再生させるということだ。書くのは、作者だ。しかし、「作品」をつくるのは、作者ではない。読者としての「私」だ。

岩波文庫のこと

「ない」本は読むことができない。本は「ある」ことからはじまる。本が「ある」から、本を読む。ほかにないけれども、岩波文庫に「ある」。それが岩波文庫の魅力で、もし岩波文庫になければ、読まなかった、あるいは読まずじまいのままだったかもしれないとおもう本のなかでも、本が「ある」ということの磁力を深く覚えて、誘われて手にして、ゆたかな時間にみちびかれたのが、『コーラン（上、中、下）』（井筒俊彦訳）。

岩波文庫になかったから、ずっと手にしなかった。けれども、岩波文庫にはいったことで、誘われて手にして、遠く遥かな時間を過ごしたのが、『春秋左氏伝（上、中、下）』（小倉芳彦訳）。楽しみに本を読むということをおもうさま味わわせてくれるのは、読みたいから読む本でも、読まなければならないから読む本でもなくて、「ある」から手にして、そうしておもいがけない時間を、ゆっくりと手にできるような本だ。

「言語慎むべき事」とする挿話をおさめるのは、『耳嚢』。「武士は関東・北国名等の生れならでは用に立たず、昔語りにも京家の侍は戦場をも逃去り、勇気甲斐なき」など雑談せしを、かの京侍聞て、「京家の侍なりとも魂次第なるべし。何ぞ京家のもの臆病なるべきや」と申けるに、言ひ掛りにや彼是ひとつふたつ取合ひしが、「京家の侍の魂を見よ」などとて、果ては刃傷に及び、双方とも無益の事に命を果たしぬ。

本が「ある」。楽しからずや。そうとしかいえない一冊が、根岸鎮衛『耳嚢（上、中、下）』（長谷川強校注）で、江戸随筆のおもしろさをたっぷりと頒けてくれるこの本が、「ある」べき本のかたちで岩波文庫にくわわったのは、一九九一年になってだ。言語慎むべし、本は読むべし。本が「ある」とは、どんな古い本も読むものにとって、いま、ここの本として、つねに新しい本として「ある」ということだ。

いい本は、さりげない本質をもつ。さりげなく「ある」本の悦びをかなえた、いままでなかったディオゲネス・ラエルティオス『ギリシア哲学者列伝（上、中、下）』（加来彰俊訳）は、これからの緑陰の悦びだ。一九八四年に上巻がでてから、十一年目の夏にして、「すべてのものが同時に生じた、そんな時がかつてあったのだ」というテバイ人の詩人の言葉にはじまる三冊本が完結して、ようやくヌゥス（知性）の時代がとても親しく近しくなった。

「ない」本が、「ある」本になる。それが岩波文庫の楽しみとすれば、「ある」本にふさわしい、まだ「ない」本への楽しみもまた、岩波文庫のもう一つの楽しみでなければならない。では、坂口安吾評論集は、『噫無情』は、エリオット『荒地』は、エミリ・ディキンソン詩集は、『カルミナ・ブラーナ』は、イブン・ハルドゥーンは、プロティノスは、岩波文庫に、「ない」とおもう「ある」本？　それとも「ある」とおもう「ない」本？

わたしの挙げる岩波文庫の三冊。

中江兆民『三酔人経綸問答』——対話するたのしさ、おもしろさ。場を共にして、耳傾ける姿勢。はっきりと物言う術。南海先生・豪傑君・洋学紳士の徹夜の談論風発の、痛烈で、愉快で、倦くことのない魅力。

『漱石文明論集』——党派心がなくって理非がある主義。朋党を結び団隊を作って権力や金力のために盲動しないという事。ゆえに人に知られない淋しさも耐えねばならぬ「私の個人主義」の魅力。

石川啄木『時代閉塞の現状・食うべき詩』——珍味ないし御馳走ではなく、我々の日常の食事の香の物の如く、然《しか》く我々に必要な詩を「食うべき詩」として求め、必要はもっとも確実なる理想であるといいきった直截な魅力。

野球と第一書房のこと

「大正期にできた本屋で文化的に高い水準を持った個性ある本屋といえば、ひいき目なしに岩波と第一書房の二つ」といったのは、林達夫だ。その第一書房については、日本エディタースクール出版部からでた『第一書房長谷川巳之吉』といううつくしい本が、昭和の太平洋戦争下に社を閉じた希有の一出版人にささげられた、こころのこもった花束としてのこされている。

第一書房というと、忘れたくない一冊の雑誌が手元にある。『第一書房長谷川巳之吉』にその雑誌のことがでてこないのが残念だが、その一冊の雑誌というのは『セルパン』第八号臨時増刊「野球号」(一九三一年十月刊)。第一書房がだした唯一の野球の本だ。それは、六大学野球の人気が頂点に達した昭和六年、一九三一年、ルウ・ゲーリックを中心とするアメリカ大リーグ選抜の来日直前にでた。

六大学は大リーグに十七戦して全敗するが、日本のプロ野球を生んだのは、このときの六大学の面々だ。野球好きを自負していた長谷川巳之吉は、のちに巨人の創立メンバーになる明治大学の田部武雄が好きで、出版に賭けたじぶんの「人生は恰も田部のやうなものだと思ふ」とまで誌している。「野球号」には、当時の野球好きの盛んな心意気がどのページにもいっぱいに詰まっていて、いま読んでも微笑がのこる。

なかでも絶品なのが、雑誌の巻頭を飾っている大田黒元雄のエッセー「野球春秋」だ。大田黒元雄といえば、クラシックの音楽評論で広く知られ、長く住んだ東京杉並にその住まいがいまは大田黒公園としてのこされているような人だが、それこそ大の野球好きだったらしい。草創からの日本の野球の思い出を綴った「野球春秋」は、日本の野球史をめぐる魅力的な知られざる挿話にみちていて、読んでつくづく堪能させられるのだ。

明治末まで、野球は一高（第一高等学校）の天下だったが、そのころ一高と早慶との試合はしばしば練習試合と称され、打撃順も特になく、投手、捕手、一塁手という順に打ったこと。野球の試合がはじめて入場料をとったのは明治四十年、ハワイのセントルイス野球団がきたとき。翌四十一年、「運動具商リイチの広告のような」リイチ全米野球団がきて、この大リーグ選抜との第一回戦に、大隈重信が日本で最初の始球式をしたこと。

その大リーグとの第二回戦に早稲田は完全試合をくらって負け、その試合時間四十五分というのは、アメリカの公式記録にも載った当時の最短試合時間記録だったこと。日本の野球はすでに早慶の天下だったが、その早慶戦は明治三十九年秋一勝一敗ののち、大正十四年まで中止されたこと。じつはそのあいだに、今日につづく東京六大学リーグがつくられるのだが、それでも早慶戦だけは行われず、かわってそのあいだの二十年ちかく、日本の代表的な試合となったのは、OBの稲門クラブと三田クラブの試合で、明治四十四年のその第一回戦が、日本人同士の試合に入場料をとった最初の試合だったこと、などなど。

しかし、とりわけ筆が生き生きと躍っているのは、昭和三年、一九二八年ヨーロッパにゆく途中、ニューヨークにヤンキースの試合を見るために立ち寄って、五日いて三日間、ヤンキー・スタディアムに足をはこんだときの話だ。もちろん氏がそれほどにもヤンキー・スタディアムにでかけたかったのは、大評判のベーブ・ルースを見たかったのだ。

「私がルウスのそのシイズン三十二本目の本塁打を見たのは、七月八日の午後のことであつた。ちやうどその日は日曜だつたので、ダブルヘツダアであつたが、ルウスの打つたのは、二度目の試合の九回目であつた。球は中堅のスコアボオルドの前の座席の中に打ち込まれた。ルウスがボツクスに入ると、守備側の陣形は話に聞いてゐた通りに変る。殊に右翼手は少し小高くなつた右翼の塀にくつついてしまふ」「ブラウンズ（セントルイス）の右翼手はマクニイリイであつた。然し実を云へばルウスのバツトがまともに球に当つた場合には、外野の広さを今の倍ぐらゐにしない限りは、いくら塀のそばにゐたところで結局役に立たない。ルウスの会心の当りは、直球ではなくて、途方もない大飛球である。そしてぐんぐん伸びて行つて、或ひはプリイチヤア（芝垣）に飛び込み、或ひは高い観覧席の屋根を遥かに越してしまふのである」

こうした野球好きの興奮を生き生きとつたえた『セルパン』増刊号「野球号」には、野球を見ていると「実に自分が明るくなるやうな気がする」としていた長谷川巳之吉の同時代への密かな挨拶が、あるいは籠められていたのかもしれない。その「野球号」がでたのは、いわゆる満州事変のはじまった翌月だった。長谷川巳之吉がじぶんの「人生は恰も田部のやうなものだと思ふ」とした田部武雄は、長谷川のその言葉をまるで裏書きするかのように、第一書房が社を閉じてすぐのころに、ふたたびボールを握ることなく、古き良き野球好きの胸にいい記憶だけをのこして、戦死している。

夏に読んだ本のこと

1

プロ野球のつくってきた風景のなかには、いつでも異国からやってきた男たちがいる。一九三五年（昭和十年）にはじめて日本にプロ野球のチームがつくられたときから、ずっとそうだった。ＭＶＰ（最高殊勲選手）にしても、第一回こそ沢村栄治だったが、第二回は金鯱軍の捕手ハリスだった。グラウンドでは野球がすべてで、人気には差別も隔てもない。プロ野球の魅力を深くささえてきたのは、フィールドに国境がないというその意気ある伝統だろう。

そうしたプロ野球の開かれた秘密をもっとも劇的に生きたのが、ヴィクトル・スタルヒンだ。白系ロシア人。ウラルの山村で二歳で革命に出遭い、父母とともに難民として日本にきて、北海道旭川で育って野球をおぼえ、旭川中のエースとして全国に名を知られた年、父が殺人を犯し、少年は無国籍者で「殺人者の息子」としてのこされる。孤独な少年の唯一の「祖国」となったのがプロ野球だったが、昭和の戦争はフィールドのスタルヒンに「須田博」として生きることをしいる。敗戦後ふたたびスタルヒンとしてマウンドに立ち、十年後に引退、翌年、交通事故死。

五歳で父を失った娘のナターシャ・スタルヒンの書いた『白球に栄光と夢をのせて』（ベースボール・マガジン社）は、父の風変わりな伝記だ。その物語は、スタルヒンがプロ野球で第一球を投げる直前で終わっている。だが、拠るべき何ももたない一人の青年が、野球のフィールドにどんなアイデンティティをみずからもとめたかを、これほど克明に尋ねた伝記はほかにない。

白球一つを握って、スタルヒンがわたしたちの記憶に遺したのは、プロ野球のつくった明るい秘密だった。フィールドに夢みられる「共和国」でないなら、プロ野球に夢はない。

2

昭和の太平洋戦争下に、最後の最後まで、それでもプレーすることをやめなかったプロ野球が、軍部の「敵性語廃止」の命令で、野球の言葉をすべて日本語に変えさせられたことは知られている。ストライク「よし一本」。ボール「だめ一つ」。三振アウト「それまで」。セーフ「よし」「安全」。アウト「ひけ」「無為」。ヒット「正打」。ファウル「圏外」など。

だが、その苦肉奇策の日本語を誰がどんなふうにしてかんがえたかは、ほとんど知られていない。そのことを語っているのは、まったくおもいがけない一冊の本だ。堀田善衞『若き日の詩人たちの肖像』（新潮社）。プロ野球の裏方ではたらく転向体験をもつ主人公の従兄と、堀田善衞自身としていい主人公の若者が一緒に唸りながら、それらの言葉をかんがえたのだったらしい。

死と盗という言葉だけは避けて、二人して次から次へと勝手な日本語をでっちあげて行った。だが、ああだこうだと二人で言い合いながら奇怪な日本語をあみ出してみはしたものの、これならもう野球などやめた方がいいくらいのものであった。こんな四角四面な漢字をつかって野球などやれたものではない。心に暗澹としたものが滲み込んで来る。

あるスポーツに親しむとは、そのスポーツに独自の言葉に親しむことだ。スポーツはフェアゲームであるために不可欠なルールを、生きる言葉としてもつ。言葉なんてどうでもいいということができない。生きられる言葉を失くしてしまえば、すべてを失くしてしまう。プロ野球のもつ昭和の戦争体験は、そのことをおしえる。

3

厚さ四ミリメートル。重さ九〇グラム。まるめれば片っぽの掌にすっぽりとはいってしまう。ぜんぶで六十四ページ。そのほとんどが写真で、ざっと目をとおすだけなら、ただの十五分もあれば足りる。そんなちいさな本なのだが、たった十五分で読めるその本を、どんな本よりもずっと大事にしてきた。

かつて岩波写真文庫の一冊としてでた『野球の科学』(一九五一年刊)だ。一人の少年に野球の魅惑をこれほどあざやかにおしえてくれた本はなかったし、ジョー・ディマジオの打撃が分解写真でつぶさにのこされていることもうれしいが、いま手にしても、なおすこしも新鮮さはうしなわれていない。時代も野球もともに貧しかったときに生まれたこのちいさな本がなにより生き生きとしめしてみせたのは、野球とはどのようなプレーによってよく生きられるフェア・ゲームなのかという明るい秘密だった。

スポーツ・ジャーナリズムのちいさな傑作といっていい『野球の科学』も、いまは手にはいらないだろう。いったいスポーツ・ジャーナリズムの言葉は、過ぎされば、しばしばそれきり忘れられるままになってしまう。けれども、試合が終わり、選手がグラウンドを去り、そうして日々が過ぎさったあとにも、一瞬のプレーに魅惑された記憶は、生きた同時代の物語として、こころのどこかにのこっているのだ。そうした一人一人の記憶に親しく語りかけうる言葉をそれぞれの時代にのこしてきたスポーツ・ジャーナリズムの忘れられたままの遺産が、発掘されたらたのしいのだが。一九四五年八月以後の昭和の戦後のデモクラシーを象徴する本はといわれたら、ためらわず『野球の科学』を、その一冊にかぞえる。

秋に読んだ本のこと

人生という言葉をつかう必要を覚えない年齢があり、人生という言葉をつかうことにためらいを覚える年齢がある。けれども、あるとき、人生という言葉でしかいいあらわせないものが、じぶんのうちにあるということにふと気づく。いわば感覚の力こぶのように、人生という言葉でしかいいあらわしようもないものを、じぶんのなかに確かな実感のかたまりとして感じる。

小学校をでてすぐの一人の少年が、東京下町のガラス職人の許に、丁稚として預けられる。昭和の戦争の時代のことだ。職人一人、小僧一人。職人は気性が荒く、小僧の仕事は地獄のように辛い。来る日も来る日も、むだ飯ぐいとして、少年は容赦なく拳骨と罵声をくらう。ガラス吹きは見た目には簡単だ。ところが、ガラス管を焼いてまっすぐに引きのばす。ただそれだけのことが、どうしてもできない。管がすぐにたるんでしまう。

少年は口惜しい。「よし、おれも、あんなふうに仕事ができるようになろう。そうなったらおれのものだ。親方がおれに教えた技術だから、あとで返せといっても取りかえせまい」。いつかそんなふうにかんがえているじぶんに、少年は気づく。少年がひたすらガラス吹きの仕事に熱中するようになるのは、それからだ。もちろん、そのときそうとはっきりわかっていたわけではない。ただ後からふりかえって、あのときだったとおもう。

後でふりかえったとき、そのときじぶんのなかに生まれた感覚の力こぶの記憶が、そこにはっきりとのこっている。そうした消えずにのこった実感のかたまりをいわば球根として、人生という言葉でしかいいあらわせないものがじぶんのなかに木のようにそだってゆくさまを、一人の職人の回想をとおして見せてくれる大野貢『カンザスの日本人』という一冊の本がある。講談社ででた。カンザスというのは、むろん北米の真ん中のカンザスだ。

東京下町から、昭和の戦争の時代をはさんで、北米の大草原の小さな町へ。ほかにないそうした道筋をもった一人のガラス職人の人生をつくったのは、ガラス吹きという仕事が下町の町工場の無名の少年にくれた、確かな実感のかたまりだ。仕事を覚えるというのは、その仕事に習熟するというだけのことではない。習熟によって、その人のなかにある動かしがたい実感のかたまりがつくりだされる、ということだ。

丁稚として働きはじめて三年、少年はまだまだ一人前に仕事ができない。そのときはまだ日本中がはなばなしい戦果に酔いしれていたときだ。ガラス屋の小僧なんかやめちゃえ、軍需工場で働いたほうがずっといいぞ。郷里の友人にそう煽られて、ガラスで何かできるのか、何をつくれるのかと見下されて、少年は、確かにじぶんは来る日も来る日もただガラスを吹いているだけだ、とおもう。そのうえ一人前にもなっていないのだ。

だが、まだ役立たずの少年をささえたのは、ガラス吹きという仕事が少年にくれた実感のかたまりだ。「おれのガラス吹きという仕事は、一人前になればどんな時代にも必要である。軍の仕事は、戦争が終わってしまえばなくなってしまう。しかし、ガラス職人は、戦争にも平和にも左右されない、世の中に必要な仕事なんだ」。そうして戦争の日々にあってなお、黙々とガラスを吹きつづけて、少年はめきめきと腕をあげてゆく。

だが、戦況が圧倒的に不利になると、少年は徴用されて、製薬と義手足をあつかう海軍療品廠に入廠。研究部で医療器機のガラス吹きをつづける。やがて東京大空襲。少年のガラス工場は焼失、親方も焼死。そして敗戦。それからは、腕一本の人生だ。二十歳のガラス職人は東京大学理学部化学教室にはいり、研究実験器機の無類のガラス吹きとして知られるようになる。やがて、すぐれたガラス吹きを探していた北米カンザス州立大学へ。

どんなすばらしい研究実験もそれを可能にする器機なしにはない。ガラス吹きの仕事をささえるのは「じぶんのつくったガラス器機が、目の前で生きて、かいがいしく働いているのを見る」悦びだ。「不安はひとかけらもなかった。仕事には絶対の自信を持っていた。科学の世界は、どこの国に行っても共通であり、器機は言葉を通してつくるのではなく、実験をじっくり観察してつくればいい」。職人の言葉はただ一つだ。その仕事だ。

一人のガラス職人がその一生をふりかえった『カンザスの日本人』という一冊の本が明かすのは、ひとの人生というものをつくりだす、ひとの仕事の悦びのもつ秘密だ。仕事がくれる動かしがたい実感のかたまり。それにささえられるじぶんの生き方の姿勢。しかし、世界でもこの人しかつくれないという器機をつくるようになった、いまは大草原の小さな町に住むガラス職人は、日本では見つけられなかったものがある、という。

それは仕事にたいする誇りだったと、なにより仕事の悦びに生きたガラス職人はいう。「私はアメリカに来て働くことができたからこそ、職人としての誇りを持つことができた。日本に住んでいたら、一生、とてもそんな気持ちを発見することがなかったと思う」。

いつからかこの国の日々の風景にほとんど見られなくなった考え方。——天職としての仕事という考え方。

冬に読んだ本のこと

身のまわりの世界というのは、あらためて見まわしてみると、ふしぎだ。新聞や本を読んで、文字を読んで活字に気づかないように、身のまわりの世界は、目のあたりにしているのに見ていないたくさんのモノでできていて、何でもないあたりまえにおもえるものが、とんでもない工夫と秘密を蔵している。一つ一つのモノがそれぞれに物語を匿していて、その物語にふだんは気づくこともない。そうした身のまわりの世界についておもいがけない発見の楽しみを分けてくれる本を手に、冬の夜長を過ごすのはいいものだ。

村松貞次郎『大工道具の歴史』(岩波新書)。ものいわぬモノと話すための通訳としての道具について親しくおしえてくれる。ノコギリやカンナやノミが、読んだあとではまったくちがって見えてくる。身のまわりから失われてしまったモノについて書かれた本では、斎藤俊彦『人力車』（産業技術センター）。人力車をとおして見たまったくユニークな明治大正史であり、一つのモノがどれほど時代というものをふかぶかと呼吸しているものかを、よくよくおしえてくれる。土田章彦『鷹匠物語』（秋田書房）。鷹を使って猟をする。いまは失われた東北の暮らしの芸術を語って、日本の近代を生きた村の人びとの歴史におもいをこめた本だ。

ユニークなのは、一つ一つが日々の経験をとおして書かれた定義となっている高久久『魚河岸の魚』（日刊食料新聞社）。リアリズムのすぐれた絵を見るような趣きがある一匹ずつの写真もいい。たとえば、ジンタという名の魚。鰺のちいさいのを、魚市場ではそうよぶのだが、それは仁丹（とてもちいさいものということ）からきた言葉なのだという。手のいる仕事がつくりだす独特のスラングには、しばしば明るいトリックが匿されている。赤貝という貝がある。赤貝というのは、ばか貝のことだ。韻をふんで、言葉をあざやかにひねって、日常の場にさっぱりと置く。魚の呼び名のような微笑をもった日常の言葉のなかには、おもいもよらぬ機転が、いとも何気なく秘められている。

身のまわりの世界について語る言葉には、独特のあじわいがある。よくつかいこまれた言葉でむしろぶっきらぼうに語られる日常の哲学がそこにはあり、その哲学の奥行きは、うっかりすればおそらくそうと気づかれることもなく、ことさらに注意されることもないままになってしまう。日々をささえる言葉というのは、どんな言葉よりもすぐれて技巧的で、それでいてもっともさりげなくて、剝き身でいて、しかも慎ましいからだ。そのことをしっかりと感得させてくれるのは、もっとも日常的な世界である料理の世界を語る言葉。料理について書かれた本はそれこそ玉石無数にあるけれども、言葉と手をむすぶものとしての料理について深くおおくをおしえられるのは、何といっても中尾佐助『料理の起源』（ＮＨＫブックス）。

だが、さて、冬の澄みわたった夜空に目をあげて、散らばる星を見つめて、日常からおもいっきり遠くの世界に思いをひそめたい夜は、山田慶児『朱子の自然学』（岩波書店）。開かれた独創的な思想家の宇宙への、知的興趣にとんだ招待状だ。今日の目で精密にしかも想像的に復元された、あざやかな思考の天体図。専門書として書かれた本かもしれないが、言葉の読み方のおもしろさを、身のまわりの言葉とはまったく逆の遠くから、したたかに存分にあじわわせてくれる。

正月に読んだ本のこと

今日、忘れられていること。考えるということ。もちろん、ひとは考える。大事なことを考え、またつまらぬことを考えて、ともあれ考えることによって、人と人とのあいだをたもち、日々を過ごして、じぶんをささえる。にもかかわらず、今日、忘れられているのは、ひとにとって「考える」ということが、あまりにも「ひとが考える」ということでしかなくなっているということだというふうに思える。

ひとは考える。けれども、その「ひとが考える」ということのうちに、たとえば水の考え方、草の考え方がはいっているだろうか。土の考え方、木の考え方がはいっているだろうか。ひとがじぶんの考え方にばかりとらわれて、ひとの考え方とはちがうものの考え方を無下にしりぞけるとき、じつは貧しくされてゆくのは、ほかでもなく、ひとの考え方なのだということ。

西岡常一『木に学べ』（小学館ライブラリー）という本を読むと、法隆寺の宮大工の最後の棟梁として生きた人の語る「木の考え方」をとおして、今日のひとの考え方のなかに物の考え方が忘れられているのだということを思い知らされる。考えるというのは、もとはといえばひとの都合の考え方のことではなくて、物の考え方のことだったはずだ。物を考えることのおおもとは、物に学ぶということだ。それがいまは忘れられている。

法隆寺という古代の建築に棟梁が学んだ木の考え方というのは、こういう考え方だ。法隆寺はヒノキでつくられた建物だ。建てられて千三百年経った法隆寺を今日にのこしたのは、ヒノキという木の力だ、と棟梁はいう。ヒノキはどんな木にもまして樹齢が長い。法隆寺の伽藍は千年か千三百年ぐらいで伐採されたヒノキでつくられている。建物はつくられた木の樹齢だけもつ。樹齢千年の木は、堂塔として千年もつとされる。なぜか。

余分な言葉はくわえない。『木に学べ』のゆるぎない語り口をそのままに、味読すべき棟梁の言葉を引く。

「自然に育った木ゆうのは強いでっせ。なぜかゆうたらですな、木から実が落ちますな。それが、すぐに芽出しませんのや。出さないんじゃなくて、出せないんですな。ヒノキ林みたいなところは、地面までほとんど日が届かんですわな。こうして、何百年も種はがまんしておりますのや。それが時期がきて、林が切り開かれるか、周囲の木が倒れるかして、隙間ができるといっせいに芽だすんですな。今年の種も去年の種も百年前のものも、いっせいにですわ。少しでも早く大きくならな負けですわ」

「木は日に当たって大きくなるんですから、速く大きくならんと、となりのやつの日陰になってしまう。何百年ものあいだの種が競争するんでっせ。それで勝ち抜くんですから、生き残ったやつは強い木ですわ。でも、競争はそれだけやないですよ。大きくなると、少し離れてたとなりのやつが競争相手になりますし、風や雪や雨やえらいこってすわ。ここは雪が降るからいややいうて、木は逃げませんからな。じっとがまんして、がまん強いやつが勝ち残るんです。千年たった木は千年以上の競争に勝ち抜いた木です」

「木は正直です。千年たってももう二千年たってもうそつきませんね。動けないところで自分なりに生きのびる方法を知っておるでしょ。私どもは木の癖のことを木の心とゆうとります。風をよけて、こっちへねじろうとしているのが、神経はないけど、心があるということですな。そのヒノキが、今の日本にはなくなってしまったんですな。今、日本で一番大きいのが木曾の四百五十年。これでは堂も塔もできません。木がなくなったら、木の文化もなくなってしまいますな。とにかく千年かからんと、ものにならんのやから」

「木は立っているうちに見ないとあかんのです。台湾へ行ったら、樹齢二千年の木がずっと生えております。二千年の樹齢がありながら若々しい葉の色をしているのはあきまへん。中が空洞にきまってますわ。二千年の正しい木は、二千年相応の葉の色をしています。葉の色の渋いものが、中は詰まっているんです。立ってる木を見ないことには、木のねじれの性質が分からんのや。その土地ごとに風の吹く方向が違っているし、その風によって木のねじれの性質がでてくるし、立っているのが南斜面か北かでも違ってくる」

「（法隆寺をつくった飛鳥の工人たちは）木の生命と自然の命とを考えてやってますな。柱の一本一本が木の個性に合わせて仕上げられてますから、一つとして同じ物はない。強い木は強く、弱い木は弱いなりに木の質を見抜き、使える所に使ってます。今のようになんでも規格に合わせて同じようにしてしまうのは、決していいことではないですな。人も木も大自然の中で育てられてますのや。そういうことが忘れられてますな。全部違うんでっせ。ですから、全体やつながりを見ないとわかりません。構築物は社会です」

法隆寺のヒノキが語る木の考え方が語るのは、物の考え方を欠く考え方が、今日にもつ危うさだ。千年の木の考え方で測れば、今日、ひとが木についてもっている考え方は、木を生命でてなく、木を寸法でしか考えない文化だ、と棟梁はいう。けれども、寸法の文化は、せいぜいが二十五年でダメになるような建物しかつくれない。「そんなのは文化とは違います。自然と共に生きているというのでなければ、文化とはいえませんな」

本のかたちのこと

読むにもっとものぞましく、見てもっともうつくしいのは、五号明朝活字で、一行三十二字、一ページ十一行で組まれた、B6判の本。全体で百六十ページほどの小さな本がいい。いまは亡い老編集者が懐かしそうにそう語るのを聞いたことがある。もちろん活字時代の本の話だ。そうした本のおおかたは昭和の戦争以前に上梓された本で、まさにそのとおりの本を、いまでもたまさか古本屋で手にすることがある。

たとえば九鬼周造の『「いき」の構造』がそうで、一九三〇年（昭和五年）にでた初版のそのかたちは、昭和の戦後にいたってかなりの版を重ねても変わらなかった。ただし本文の紙や外函は、それぞれの版ですこしちがっている。老編集者は京都の人だったから、京都の碩学の遺したそのような本が、とりわけ愛惜ある本だったのかもしれない。実際、それはいま手にしても、読むにもっとものぞましく、見てもっともうつくしい一冊だ。

おもしろいとおもう。本はどんな本も、「ない本」にはじまる。本を書くというのは、まだない本を書くということだ。まだここにない本、ここのなかにしかない本を、言葉によって書きとっていって、まだない一冊の本を、言葉のうちに手繰りよせていって、書きついで、書き終える。だが、たとえ書き終えても、それはまだ本とはいえない。本というかたちをもっていなければ、本は、まだない本のままだ。

本というかたちをもたなければ、本は本ではない。本としてのかたちをもってはじめて、本は本になるので、書かれた本の言葉を「一冊の本」というものにするのが、本というかたちだ。本がのこすのは、その本のかたちがおよぼす「一冊の本」のイメージだ。わたしの場合、その本から受けとった言葉とその本のかたちから受けとった印象とは分かちがたくかさなっている本として、つよい印象をうけたのは井伏鱒二の随筆集だった。

『白鳥の歌』から『無心状』『昨日の會』『取材旅行』『釣人』『早稲田の森』『小黒坂の猪』『スガレ追ひ』まで、一九六〇年から七七年にかけてでた八冊の随筆集は、版元をちがえてもぜんぶおなじA５変型で、一冊をのぞいてすべて五号明朝活字、一行三十五字前後、一ページ十四行前後。いずれも和紙の表紙と見返しで、六冊まで函絵が吉岡堅二。その本のかたちから手わたされるのは、あくまでも姿勢を重んじた作家の姿勢だ。

本はそうなのだ。本がくれる記憶のなかには、その本のかたちがそのままにはいっている。本文の文字、書体、行間、余白。そして紙。その紙質、そして色。それから本のつくり。見返し。表紙。本を読む楽しみをしばしば左右するのは、表紙の堅さとなるボール紙の微妙な厚さだ。表紙の紙あるいは布の質もそうで、手にしっくりとなじめなければ、読んでいるあいだも、どこかなんだか落ち着かない。

どんな本であれ、本のもつかたちというのは、ふしぎにその本のもつ言葉をおのずからあらわしている。ときに本の言葉以上に、その本がどのような本かを語ってしまうこともある。本のもつかたちによって近づいてくる本があり、また遠ざかってしまう本もある。本を読む楽しみは、本のもつかたちとは切っても切れないのだ。本は容器だからだ。目をつかい、手をつかって、みずからこころをあつめる容器だからだ。

さりげないかたちを確としてもつ本が好きだ。一九九五年に講談社ででたわたしの『小道の収集』は、わがのぞむさりげない一冊の本という幸福がかなえられた本だ。

稲越功一氏の冬の欅の写真と馬場崎仁氏の苦心の手になる本のかたちは、周到さを秘密のようにかくしもちながら、あとうかぎりさりげない。その秘密の一つが、カヴァーの下の、ただ真っ白な表紙だ。だが、じっと目を凝らすと、白い紙に白いインクで刷られた、冬の欅の枝々がしらじらと浮かびでてくる。

幸福な本と不幸な本があるとすれば、『小道の収集』はわたしにとって、幸福な本になった。幸福な本は手にして、本のかたちが静かにはっきりと感じられるような本。本の言葉と本のかたちがへだたった本は不幸だ。ただ読めればいいのでもなく、読んでおしまいなのでもなく、さらに記憶をもたらすのが本だからだ。その本の記憶をつくるのは、その本のかたちだ。本のもつかたちは、その本ののこす記憶のかたちなのだと思う。

本の色と本の服のこと

人が服を着るように、本も服を着ている。着ている服がその人の印象をのこすように、本の着ている服もまた、その本の印象をつよくのこす。本の服というのは、本の装丁だ。本を読むとき、もちろん読むのはその本の言葉にちがいないのだが、読んだ後になってふりかえってみると、とくに忘れられない本の場合、その本を読んだという記憶のなかには、きっとその本の装丁の記憶が織り込まれているのに気づく。

たとえば、文庫や叢書だ。文庫や叢書というのは、それぞれにちがう本をおさめながら、全体としてのまとまりをもつ。その全体のまとまりをつよく印象づけるのは、装丁だ。一つの文庫、一つの叢書の装丁がぜんぶおなじというかたちは、いまはむしろすくなくなったが、もう消えてしまった文庫や叢書のなかには、いまでも思いがのこっている本がすくなくない。その装丁によって、その本を記憶しているのだ。

いまなお叢書の装丁として傑作の一つとおもうのは、「一時間文庫」という一九五〇年代から六〇年代にかけてでた、原弘の装丁した新潮社のペイパーバックのシリーズだ。ソフトカヴァーの表紙に、表紙とまったくおなじ図柄のカヴァーをもう一枚かけ、一時間の一をしめす英語のONEというアルファベットをカヴァー全体に横にして白抜きした、とても単純な図柄だったが、さっぱりと気もちのいい装丁だった。

ただ、ぜんぶおなじだったのではない。図柄はおなじだ。しかし、色がちがっていた。地色がオレンジ色と青色に分かれていた。黄色もあった。その「一時間文庫」が、とりわけ記憶にのこっているのは、その色のせいかもしれない。この本はオレンジ色の本、あの本は青い本というふうに、読書の記憶が、文字通り色分けされてのこったのだ。たとえば、リルケの『葡萄の年』はオレンジ色の本、というふうに。

本の色というと、よく知られるのが岩波文庫の帯の色だ。緑、赤、青、白とジャンルによって分かれ、カヴァーがつくまえには帯の色で、いまはカヴァーの背に刷りこまれた色で分別されているのだが、わけても白のジャンルの本は、そのまま「岩波文庫の白帯」として、しばしば難解な書の代名詞にされてきた。ただその本をあらわすだけではないのだ。本のもつ色は、しばしばその本を読む人そのものをもみごとに語ってしまう。

色と同時に、本の装丁でおおきな力をもっているのは、書名の文字だ。日本語の文字の活字は、おおよそ明朝体とゴシック体の二つに分かれる。くわえて、手書きの書き文字がある。なかでも、つよく印象がのこっているのは、いま手にはいるかたちよりまえの、独特の書き文字に飾られた背文字をもつ岩波書店版の芥川龍之介全集だ。その文字は自殺した芥川の遺児、芥川比呂志がまだ子どものときに書いた文字で、ふしぎに忘れられない魅力があった。

文字の書体は、写真植字になってさまざまに工夫した文字を見るようになったが、頑としておなじ書名の書体をまもって一瞥してすぐにわかるのが、みすず書房の本。だいたいが白地に、潔癖な明朝体の活字体なのだが、じつはその文字はずっと活字ではなくて、書き文字だったらしい。すべておなじ一人の手になるものだったというが、いまは活字になった。けれども、やはりめりはりの効いた文字配りには心意気があり、それが一冊一冊の本を引きたてている。

服に流行があるように、本の服にも流行がある。流行は時代を語り、年齢を語る。いまは、化粧函入りの本はすくなくなった。布表紙の本もすくなくなった。色は白い本がおおくなり、文字はすっきりとした明朝体がおおくなった。意識は、その本を読みたいから手にするのだ。だが、無意識は、どこかでその本の装丁に動かされている。若いときに手にする本と、年齢をくわえてから手にする本は、本の服もまたちがう。

古本市をのぞいて、懐かしい本を見て、おもわず手にとる。その懐かしさを誘うのは、その本の言葉より、しばしばその本のもつ雰囲気だ。たった一冊の本であっても、その一冊の本のもつ雰囲気のなかに、過ぎた時代の雰囲気がのこっていることがある。その一冊の本に、遠いかつての友人を思い出すこともある。その友人がずっと昔、その本を持ち歩いていたのだ。その本の表情に、そのときの友人の表情がかさなって見える。

本棚の本を見れば、人となりがわかる。というのも、本棚の本の色、本棚の本の文字には、じぶんでも気づかぬうちに、いつのまにかかならずその人のもつこころの色、こころの文字がかさなっているからだ。本の装丁は、ただ単にその本を飾るものでなく、その本を読んだものの心映えを、いつのまにかあらわすようになる。じぶんのこころの色、じぶんのこころの文字を知りたければ、じぶんの本棚にある本を見つめれば、きっと見えてくる。

こころの色はどんな色か。こころの文字はどんな文字か。本は、その本が「私」に語ることがすべてではないと思う。その本についてよりももっと多く、しばしばもっと深く、本のありようはその本を読む人、その本をもつ人の、「私」のこころを語るからだ。人が服を着るように、こころも服を着る。本はこころが着る服だ。

引用の力ということ

そのときは読みすごして、それっきりずっと忘れている。その忘れたはずの言葉が、ふとしたときに、おもいがけず鮮やかにこころに浮かびあがってくることがある。そうして、そうした鮮やかにこころに浮かびあがってくる言葉のうちには、しばしば、ひとの文章で知って、のちずっとこころの暗がりにひそんでいるような言葉がある。ほかのことは覚えていない。けれども、その言葉だけが、突然思いだされる。引用というのはおもしろいのだ。引用には、もとがある。しかし、たとえもとを知らなくとも、ひとの記憶のなかに、こころの引きがねとなるような言葉を落としこむことがあるのが、引用だ。引用は言葉の力をつよめる。引用されてよりいっそうの力をもつのが、言葉だ。

わたしにとって、たとえばそれは、「僕は人に何らか模範を示したい……なるほど人間といふ者はあゝいふ風に働く者かといふ事を出来はしまいが、世人に知らせたい」という、二葉亭四迷の言葉だ。その言葉を知ったのは、いまは講談社文芸文庫に収められている中村光夫のぬきんでた評伝『二葉亭四迷伝』のほとんど冒頭におかれた引用によってで、その印象的な言葉が、伝記のいわば通奏低音になっている。

しかしその言葉は、じつは二葉亭四迷全集のどこにも遺されていない。それは二葉亭四迷が書いた言葉でなくて、二葉亭四迷が語った言葉として矢崎鎮四郎が伝えたものが、もとだ。とても印象ぶかく引かれたために、それまではとくに日の当たらなかった言葉が、にわかに魅力的な言葉としてよみがえる。中村光夫の引いた二葉亭四迷のその言葉はその好例で、たとえば大江健三郎は、その後その言葉をたびたび文章に引いた。

二葉亭四迷の語ったものを矢崎鎮四郎が引き、矢崎鎮四郎が引いたものを中村光夫が効果的に引いて、全集にすらない言葉が、二葉亭四迷の言葉として読むもののこころにつよく留まる。だが、その言葉がわたしにとって忘れがたいものになったのは、全集にあたってみて、その「あゝいふ風に働く」ということが何を意味していたかを確かめてからあとだった。それは「出来はしまいが」と案じたように、結局実現できなかったのだが。

中村光夫の引いた言葉は、二葉亭四迷が死の前年にロシアにゆくときに語られた言葉とされる。何をしにロシアにいったか。送別会での挨拶の言葉が、全集に遺されている。二葉亭四迷は明治屈指のロシア通として、日本とロシアの戦争をふせぐために微力をつくしたかったのだった。「両国民——否世界の何国も決して戦を好みはせぬ。だから将来の戦を避ける方法は唯一つ。即ち政府が戦はうとしても、人民が戦はぬから仕方が無いと言ふ様にする事である。それには両国民の意志を疎通せねばならぬ。日本国民の心持を露細亜人に知らせねばならぬ。それを何によつてするのがいゝかと言へば　無論文学が一番いゝ」

引用によってしかよみがえらせることのできない言葉がある。引用は借用とちがう。言葉をいま、ここにふたたび生きさせることができるのが、引用の力だ。

この季節はさながら五つの廻廊をめぐらした古代の浴場に似た、物憂い場所であつた。絶間なく雨と影とにさいなまれた、不吉な洗濯場の様であつた。嵐を告げる地獄の稲妻の仄めきに、蒼ざめて見える内側の階段には、乞食の群が蝨いて、お前は、奴等の見えぬ空色の眼を、痩せさらぼへた身に纏ふ白や青の下著を嘲笑つた。あゝ、軍隊の洗濯場、共同の水浴場。水は常に黒く、どんな病身どもも、夢にさへ、こゝに墜ちたものはなかつた。

イエスが最初の大きな業を行つたのは此處だ、羸弱な人非人等と共に。

小林秀雄訳ランボー『地獄の季節』が岩波文庫に収められたのは昭和十三年、一九三八年。その巻頭にあったのが、この無題の詩だ。ここに引用したのはその最初の部分なのだが、この詩について、小林秀雄は文庫初版の後記に、「僕の譯した冒頭の『この季節云々』で始まる文は、初版本には組まれてゐなかつたもので、ただ同時に發見された原稿です。ランボオが『地獄の季節』の序詞の積りで書いたものと見當をつけて、ベリッションが、彼の編纂したランボオ集に序詞風に挿入したものです」と誌している。しかし、その後それは、やはりランボーの書いた文ではないということで、いまある岩波文庫版は『地獄の季節』初版本にしたがい、それはもう収められていない。

しかし、たとえランボーの作でなくとも、この小林訳の無題の詩が好きという人を知っている。たとえランボーの詩でないと言われようと、一どこころに留まった言葉はのこってしまうからだ。しかし、古本を探して読むのでなければ、それはこうした引用によってしか、いまではもう読むことはできない。

言葉を引用する。それはその言葉を、もう一どじぶんのこころにとりもどすことでもある。生き生きとした言葉の引用は、ひとのこころをゆたかにする。いま、ここに引用できる言葉を、じぶんのこころの引出しに、どれだけもっているか。

ホイットマンの手引きのこと

日本にとってのアメリカとはと問われれば、なによりもまず、それは「英語」だと思える。英語というより、アメリカ語と言ったほうがいいかもしれないが、アメリカ語である英語とどのように付きあっているか。その付きあいがどんなであるかによって、それぞれのもつアメリカのイメージは不断につくられている。そう思えるからだ。

見知らぬ人よ、もし行きずりにわたしとあって、語りかけたいと思うなら、
　語りかけていけないわけがあろうか、
そしてまた、わたしが君に、語りかけていけないわけがあろうか。

（ホイットマン「君に」亀井俊介訳）

わたしが見知らぬ人に、見知らぬ人がわたしに語りかける言葉としての英語。けれども、そのような言葉としての英語と付きあうのでなく、英語の単語と付きあう。日本の日常のなかに圧倒的にはいりこんでいるのは、じつにさまざまな単語としての英語だ。だが、そうした単語としての英語との付きあいの度が過ぎて、言葉としての英語を見あやまり、見失ってしまうということが、英語との付きあい方にしばしば起こる。そういった英語との付きあい方のなかで、繋がりをもった全体としてアメリカを見る目を、どこかにいとも容易に落としてしまっていることがないか、どうなのか。

ホイットマンに「アメリカ語の手引き」というずばぬけた文章がある（アメリカ古典文庫、研究社）。ホイットマンというのは、もちろんあの『草の葉』の詩人ウォルト・ホイットマンだ。「アメリカ語の手引き」は、いかにもホイットマンならではの活力ある示唆と励ましにみちていて、読むと、アメリカにほかならないアメリカの英語にたいする、目のうつばりがきれいに落ちる。

アメリカ語である英語が語るものとは何かと、みずから問うて、ホイットマンは言う。

「言葉は、過去のすべてがつくりあげた肉体である。――われわれは、これから千年後の、われわれの後にくる者たちに——アメリカの地理を、合衆国の偉大な諸民族のゆたかさと多様性——幾千の開拓地——海岸——カナダの北——メキシコの南——カリフォルニアとオレゴン——内陸湖——大山脈——アリゾナ——大平原——大いなる川を、伝えねばならない」——(吉田和夫訳)

しかし、どうか。流暢な英語と付きあう。立て板に水のごとくに英語を話すことが英語ができるということだという、いまでもそうした信仰は根づよくあって、英語を知るということは、すなわちそうした英語との付きあい方を覚えることだとされてきた。そうした口がうまい英語を信じるというしかたでつくられているアメリカのイメージというのは、しかしどこかうろんで、口のうまい人の話が信じにくいように信じにくい。

「言葉の使用技術は、事物の活力源となることができなければ、汚点となり、しみとなるであろう。所作、詩歌、弁論、音楽、友情、文筆において、表現されないものが、表現されるものとまったく同等に重要であり、まったく同等の意味をもつからである。命あるものとして女性が男性を愛し——命あるものとして男性が女性を愛するように」。アメリカの英語でなかんずく重要なのは名まえだと、詩人は言う。「わたしに言わせれば、名まえ以上に重要なものはない。すべては名まえにたたみ込まれている」単語の英語をはさんだ日本語を使いまわすことでも、あるいは流暢な英語を口うまく話すことでもないのだ。そうではなく、むしろ英語にたいして不器用、苦手、ためらいというような自然な感情で接して、そこから一人一人のアメリカのイメージをちゃんと編んでゆくことが、アメリカが何かをみずから確かめてゆく姿勢をつくると、むしろぐずにしか英語をつかったことのないわたしは、胸にさだめてきた。ホイットマンにしたがえば、「君や誰かのすべての思考のために——言葉は造られてきたのである」

英語という生来の言葉ではない言葉を知ることによって、わたしが思い知ったことは、言葉というのは本来、一人のわたしの限界を知るためのものなのだということだった。言葉は他者のあいだに一人のわたしを見いだすためのものだ。アメリカを考えることは言葉を考えることだとするホイットマンの手引きは、言葉にとってほんとうに大事なものは何かということを考えるための、たぶん最良の手引きの一つだ。言葉を考えるということは、一人のわたしのありようを考えることだ。『草の葉』の詩人は言う。「わたしというただ一つの言葉のなかに、何と歴史が幾重にもたたみ込まれていることだろう」

へそまがりの老人のこと

ある国について、ある一人の人をとおして、その国を思いえがく。たとえば、アメリカを、誰の国として思いえがくかで、アメリカという国の見えかたがおよそちがってくるということがある。ベンジャミン・フランクリンの国。F・W・ウールワースの国。グレート・ギャツビーの国。ビリー・ホリデイの国。人の数だけちがう国といったほうがいいかもしれないさまざまなアメリカ人の肖像の、いわば原板として思いだすのは、しかし、いつも一人の無名のへそまがりの老人だ。それは、こういう老人だった。

昔、神様から愛されない老人がいた。不愉快な人だった。隣人を嫌い、隣人も老人を嫌った。老人はいつも呪っていた。太陽を罵り、星を呪い、空の風を罵った。緑なして成長するものを呪い、空飛ぶ鳥を罵った。さまざまな怒りが、老人をとらえていた。

丘の下に、たった一人で住んでいた。家の窓には埃りが積もりに積もり、日の光りも差しこまない。買い物にでかけても、道を歩きながら、一足ごとに呪いつづけた。買うものを呪い、知っているだけの神の名を口にして、罵った。こころは皺だらけの皮膚の下で傷み、希望は胸のなかで凍りつき、友人は老人を裏切り、愛する人も老人を見捨てた。

鼠は小麦の袋を食いあらし、鹿はトウモロコシを踏みにじった。小川は夏の日照りに干上がり、羊は毛を刈るまえに死んだ。牛は綱をほどいて逃げ、鶏は卵を生まず、馬は腹痛で死んだ。そうやって、いままでもっていたものを、老人は失った。老いた身体をかかえて、それでも老人は、けちけちと生きのびて、あいもかわらず行く末を罵った。

ある日のことだ。痛む背中を我慢して、鍬で畑を耕していると、土の底になにやら光るものがある。骨をぎしぎしきしませ、夢中になって、しかし注意深く、老人は掘りつづける。瓶だ。土中に埋もれて、くすんだ古いガラスの瓶が、七色に光っていた。日の光にあたると、鳩の首のように、赤と緑がいりまじって、眼を射るようにかがやいた。

日陰では、曇ったままだ。しかし、明るいところに置くと、オパールのように閃き、ほっそりとした瓶の首に、燦めく色がはしった。やわらかな曲線が、全体をつつんでいる。何ともいえずうつくしい瓶だった。日の光にかざすと、七色の艶が、古びた汚れをとおして光りだす。いままで太陽を呪っていた老人が、瓶を太陽に差しだして、埃をはらった。

老人は瓶を一番明るい場所に置き、瓶を眺めた。太陽はかがやき、老人は嘲りの言葉をわすれた。家にもちかえって、棚に置いた。しかし、日の光りの差しこまない部屋では、瓶は灰色のままだ。そこで手桶と布切れ、箒を手に外にでて、窓を洗い、部屋に日の光りをまねきいれた。夜には、テーブルのうえに置きかえた。風にゆらめくローソクの光りに、瓶がかがやく。老人は罵ることをわすれて、瓶の影が壁におどるのを見つめていた。

朝、日の光りを浴びて、瓶がかがやくのを見たとき、太陽を呪うのをわすれた。一日中、瓶をもちだして、いつもじぶんのすぐそばに置いた。老人は瓶のうつくしさ、完璧なかたちに、生きがいをみつけたのだ。彼の魂はこれまでの争いをわすれた。村の人びとがやってきた。老人は掘りだした瓶をよろこんで見せ、呪いの言葉をわすれていた。

老人はどこへでも、いまやかけがえのない瓶をもっていった。畑仕事にでるときも、畑に鍬をいれて、掘りかえした土のうえに瓶を置いた。瓶がそこにあるだけで、うれしいのだ。老人は手をやすめ、土のうえの瓶にじっと見入った。瓶を見つめていると、こころが安らいだ。それからまた、鍬を手にして、畑に鍬をいれはじめた。

そのとき、土くれに足をとられた。後ろに滑って、よろめいた瞬間、手の鍬の刃がガラスにぶつかって、瓶は五色のかけらになって飛び散った。老人は身体をふるわせてすすり泣き、呪いの言葉さえおもいつかなかった。かけらを一つ一つ集めたが、指は傷ついて、傷んだ。それから黙ったまま、うつくしい瓶を掘りあてた場所に、また穴をうがった。

老人は穴を土で覆い、手で叩いて平らにした。そうして、足をひきずって家に帰り、戸口を閉めた。上着を引き裂いて、すこしの日の光りも射しこまないように、窓に打ちつけた。そして、空っぽの部屋のまんなかに座り、いっさいの飲み食いを絶った。三日目に、死んで冷たくなって見つかった。「なんてへそまがりの老人だろう」人びとはいった。

二十世紀がはじまってまだいくらも経っていないころ、エイミー・ロウエルという詩人が「飢え死にした話」（上田保訳）というバラードに書きとどめた、アメリカの一人の無名の老人の、風変わりな肖像。

アメリカというと、いつもまず思いだすのは、そのへそまがりの老人のことだ。こういう人がいたというちいさな物語をとおして、そういう人の生きた国として、その国を思いえがく。そうやって、じぶんの胸のうちに、血のかよったその国の地図をつくる。それが、アメリカの一人の老人の、ひそやかな人生の物語を知って覚えた、わたしの地図のつくり方だ。

十冊のジョバンニのこと

異国の言葉で書かれた物語を日本語で読んで、その物語をこのひとの日本語で読んだのだというようなおもいが、読みおえてくっきりときざまれる。それは、かならずしももっとものぞましいこととはいえないだろうけれども、異国の物語を日本語で読む楽しみの一つであることは確かで、とりわけそうした痛烈な印象をいつもはげしい楽しみのようにあじわわせてくれたのは、いまは亡い翻訳家、岡村孝一の手になる、コルシカ生まれのジョゼ・ジョバンニのいくつかの物語だった。

ジョゼ・ジョバンニの物語につきあうことは、また岡村孝一の日本語につきあうことだったといっていいほど、あくまでもじぶんの流儀をつらぬいて、ジョバンニの言葉を日本語で書くんだというような意気を岡村孝一はくずすことをしなかったので、そうしてとどけられたジョバンニの物語の世界というのは、ともあれその独特の日本語がつくりだした「岡村孝一のジョバンニ」の物語の世界だった。それはどのようなジョバンニだったか。

ジョバンニの生まれたコルシカ。フランス語よりはイタリア語にちかい方言を話す。人気《じんき》も本土とはちがう。流された血は、敵の血をもってあがなわれる。家。名前。コルシカ人にとっては命なのだ。

ジョバンニはレジスタンスの闘士でもあった。自由？　平和？　言葉ではなかった。ポケットに手をつっこんで、理想を説いたのではない。頭のうえに、よその国の人間がおっかぶさった。うるせったかった。でかい面をした奴ら。またそいつらにへいへいする奴ら。薄汚い裏切り者。目障りでたまらなかった。ぶっついていった。それもレジスタンスだった。それがレジスタンスだった。

恨みは、腹の底にしっかりと溜まっている。

ジョバンニについての、岡村自身のこの短いスケッチは、「岡村孝一のジョバンニ」の語り口を、なにより端的に語っている。「ぶっつく」。「うるせったい」。「人気《じんき》」。

こうした独特のサビのある言葉を、コブシのきいたきびきびとした言いまわしにのせた「岡村孝一のジョバンニ」の物語を、熱い湯で割ったウィスキーを啜りながら真夜中の時間に読むことは、ながいあいだの密かな楽しみだった。

一九六八年の『おとしまえをつけろ』からほぼ十年後の『わが友、裏切り者』『流れ者』まで早川書房版に遺されたのは、みずから「悪文すぎる」かもしれないとしていた十冊の「岡村孝一のジョバンニ」だったが、個人的に識ることはなかったとはいえ、このいくらも年のちがわなかった一人の訃報を、ある日ふと耳にしたときは、同時代を共にしてきた親しかった一つの影が、突然ふっと消えてしまったような思いをもった。

知るかぎりでの最後の仕事は、一転して、ハヤカワ文庫の『大海原の小さな家族』というフランスの女性の書いた航海記だったが、そのなかにあるタヒチの伝説の一行を、日々のあいだからさりげなく去った一人の同時代者の銘のように、いまも忘れかねている。

怪我をした母イルカが、砂浜に子を生みおとしていった。それが人間の先祖なのだ。

不治の病のこと

男は気分がすぐれなかった。そこで大英博物館へでかけていって、病気についての本を借りだした。男は、AからZまですべての病気について、丹念に読んでいった。するとおどろいたことに、すべての不治の病の前駆的症状が、男の場合にすべてぴったり該当するのだ。かかっていないと男に判断できた病気は、たった一つきりだった。

そこで男は、医者のところへとんでゆくが、医者は動ぜず、慌てもしない。男の身体をさっとみて、処方を書く。処方箋には、こう書かれていた。「ビフテキ一ポンド。ビール一パイント（六時間毎に服用）。散歩十マイル（毎朝）。就寝正しく十一時（毎晩）。小難しいことは、いっさい頭に詰めこまないこと」

ジェローム・K・ジェロームの『ボートの三人男』（丸谷才一訳）にでてくる話。この話がとても好きだ。開高健の遺した『最後の晩餐』（文藝春秋）のような本を手にすると、いささかこの男のような気分を味わわずにはいられなくなる。むずむずしてくる。なにしろAからZまで、すべて料理についての口舌の書なのだからだ。『最後の晩餐』を読めば、たちまちにして、食欲という人間の不治の病の前駆的症状に、密かにとらえられるだろうとは受けあえる。全編ことごとく、舌なめずりしての食物礼賛がつづくのだ。こんなふうにだ。「一皿一皿が独立しながらも全体にとけこみ、その場で眼を瞠らせつつもはるかな食後にまで、ひめやかで広大なこだまを、ほのぼのとひびかせてゆく。鮮。美。淡。清。爽。滑。甘。香。脆。肥。濃。軟。嫩。……」

だが、しかし、さて、こんな口上手をまえにして、不治の食欲の前駆的症状になやまされて、もしのぞむべきレストランにとんでいったら、どうなるか。思うに、名うてのシェフは慌てず、おもむろにどんなメニューにもない一品を、こころから勧めるのではないだろうか。すなわち、一杯の冷たい水。

だまされやすい本だが、だまされてはいけない。『最後の晩餐』のような本は、飽食について筆をつくして語りながら、そのじつ、飢えについてすべもなく語っている本にすぎない。開高健は終生、あらゆる意味での、飢えに駆りたてられて生きた作家だった。『最後の晩餐』に誌されている痛切な料理は、トトチャブ。それがどんな料理かは、いわずもがなだ。人間の不治の病は、食欲ではない。飢えなのだ。

all the wrongs of Man

一九九四年冬、ノーベル賞受賞講演で、大江健三郎は小説家の定義として、W・H・オーデンの「小説家」という詩を引いた。「正しい者たちのなかで正しく、不浄のなかで不浄に、／もしできるものなら、ひ弱い彼みづからの身を以て／人類のすべての被害を鈍痛で受けとめねばならぬ」（深瀬基寛訳）

それより三十年まえの一九六三年夏、じぶんにとっての「一冊の本」を訊ねられて、作家は二十歳の夏にはじめて知ったというオーデンの詩集を挙げて、小説家についての啓示の声として、おなじ詩行を引いている。そのことを覚えているのは、おなじころおなじようにおなじ詩集に密かに魅せられていた一人にとって、そのころはまだひろく知られていなかったオーデンの詩を採った作家の言葉が、ことさらに印象的だったためだ。

詩というのはふしぎなことに、どんな詩をあるいはどんな詩人をどんなふうに語るかということが、その詩あるいはその詩人を語るその人自身を、そのまま遠慮なく語ってしまう。オーデンの詩の言葉をじぶんの仕事の芯にもちたいとした若い作家が、それから三十年後、成熟をとげたのちにふりかえって、ふたたびおなじ詩行をそのまま引いて、おなじ賽をふって、小説家としての仕事をあらためて確かめる。時代が変わっても、なお変わらないものがあるとすれば、その人にとっての詩がそうだ。

だが、ノーベル賞受賞講演をおさめた『あいまいな日本の私』（岩波新書）という本には、その「小説家」という詩の引用にかぎって、気になったことが二つある。一つは、その詩のもともとは（原詩も訳詩も）三行なのだが、どうしてか六行のようになっていたこと。もう一つは、最終行、「人類のすべての被害」が「人類すべての被害」となっていたこと。

Dully put up with all the wrongs of Man. というのがオーデンの最終行で、「たとえ愚鈍にみえようとも、人間の数々の過ちのすべてに耐える」というふうに読みたいけれども、「人類すべての被害」では意味がずれてくる。しかし「人類のすべての被害」であっても、いまではall the wrongs of Manについての詩の含意をせばめかねないと思う。歴史の感受のしかたに、それはかかわる。ほんとうは作家自身の日本語で読みたかった詩行だ。

詩人トゥルミ・シュムスキー

鶴見俊輔という人のなかには、もう一人の人がいて、そのもう一人の名を仮りにトゥルミ・シュムスキーとすれば、シュムスキーというのは詩人だ。鶴見俊輔のなかには一人の詩人がいる。いや、鶴見俊輔のなかにシュムスキーという詩人がいるのではなくて、ほんとうは、鶴見俊輔というのは世を忍ぶ仮りの姿で、じつはトゥルミ・シュムスキーという詩人こそ鶴見俊輔なのだというべきかもしれない。

詩人トゥルミ・シュムスキーは、鶴見俊輔の名でしかじぶんを明らかにしたことがない。しかし、鶴見俊輔の書くものには、いつも、ちょっと気づかないようなしかたで、さりげなく、おもいがけないかたちで、シュムスキーの手になる詩がみちびかれている。こころみに、シュムスキーの手になる詩を行をあらためて、タイトルを付して引く。たとえば、『アメリカ哲学』（講談社学術文庫）から。

頑丈な体と、短い首と、
　黒い長ひげと、
光り輝く黒い眼とをもっていた。
　背丈は、中位であったとも、
小柄であったとも書かれている。
　左利きだった。しかし、
両方の手を使えるように訓練した結果、
　片手で問題を書き、同時に
別の手でその答えを書くことができた。
（「哲学者パース」）

あるいは、もう一篇、『夢野久作』（リブロポート）から。

　ひとすじの
放物線のように、

一つの領域をかこいこみ、
そこにてらしだされている
今の自分をつつみこむ
放物線外の
闇。

（「闇」）

もちろん、はじめから詩および訳詩として、鶴見俊輔の名で発表されたものは、すべていうまでもなく詩人トゥルミ・シュムスキーの詩だし、それにもまして、シュムスキーという詩人のありかをあざやかに語るのは、四つの印象的な散文詩、「かるた」「苔のある日記」「戦争のくれた字引き」「退行計画」。

それと、もう一つ。重要なのが、鶴見俊輔の書くものにおける引用だ。引用は、手仕事のコミュニケーションだ。手をつかって、その言葉をいま、ここにとりだすことだ。だから、その言葉には、その言葉をいま、ここにとりだした人の手の痕がのこっている。鶴見俊輔の引く言葉には、どんな言葉にも、その言葉を摑みだした姿なき詩人の手の痕が、そのままはっきりのこっている。

トゥルミ・シュムスキーの詩とは何か。鶴見俊輔は簡潔に書いている。「芸術とは、たのしい記号と言ってよいだろう。それに接することがそのままたのしい経験となるような記号が芸術なのである」(「芸術の発展」)。ここにいう「芸術」とは日々を生きる技、方法ということであり、それが鶴見俊輔にとっての、トゥルミ・シュムスキーの詩だ。詩は、「明るい」言葉ではない。「明るくする」言葉なのだ。

詩のちからについて、デューイの言葉をもとに、鶴見俊輔はいう。「長い年月にわたって人びとに大切にされる詩は、現実をしっかりとつかんでいる。私たちの日常生活の核心にある大切なものを、私たちにしらせるはたらきをするからだ」(『デューイ』)。いま、ここを「明るくする」言葉としての詩の秘密は、詩の言葉のもつそうしたはたらきにあり、詩は「私たちの日常生活の核心にある大切なもの」の記号なのだ。

思想を態度として、いま、ここにもつということ。そうして思想を、詩として受肉するということ。いいかえれば、トゥルミ・シュムスキーという見えない詩人こそ、鶴見俊輔という思想家を、思想の柔術家をつくったのだ。だが、いったいどのようにしたら、人の生きかたを「明るくする」言葉をいま、ここにとりだせるのか。かつてトゥルミ・シュムスキーが、鶴見俊輔の名でローマ字で書いた一篇の詩を、行をあらためて、訳して引く。

あおぞら
の　なかに
手をつっこんで
とりだす
さかな
いっぴき
にひき
（「ゆかいなあさ」）

トゥルミ・シュムスキーの存在が、鶴見俊輔という希有の対話的精神をそだてたとおもう。柔術家にとっての組み手が、鶴見俊輔にとっての言葉だ。呼吸が、詩だ。弁証法的というのは、よくないねえ。あるとき鶴見さんはわたしに言った。――思想というのは、対話的なんです。

樽の中の哲学者のことなど

1

会うことのできない人たちと会い、聞くことのできない語る言葉に耳かたむけることができるのは、言葉によってだ。言葉なしにはないその楽しみを思い知るのは、古代のギリシア人たちの遺した言葉をまえにするときだ。言葉を遺さなかったミュケナイ人（古いギリシア人）の文明が没した後に、アルファベットをととのえて、文字によって言葉を遺した、古代の新しいギリシア人たち。

言葉、文字は、何を可能にしたか。「それ以来、われわれがギリシア人という名で親しんできた民族が、はっきりとした実体として歴史の舞台に姿をあらわし、かれらの文明が偉大な彫刻、演劇、民主政治、哲学の創造をとげることとなります」

言葉というものを考えるとき、いつも考えるのは、古代のギリシア人の遺した言葉のすぐれて対話的なありよう、相手あってのものである言葉の際立ったありようだ。古代の新しいギリシア人は、言葉、文字を遺して、対話のための言葉を遺した。古代のギリシア人の遺した言葉と今日の「現在」との対話のみごとな記録というべき、ケネス・ドーバーの『わたしたちのギリシア人』(久保正彰訳、青土社)のような本を読むと、時間を忘れる。

人間が「道具を、火を、着色塗料を、言葉を使いだしてからの、奥深い歴史のパノラマを背景にしてみれば、ソクラテスが裸足で歩いていたのはつい昨日のことです。われわれの同時代人ということだってできるでしょう」

2

言葉、文字なしにないのは本。そして、本なしにないのは読書だ。けれども本を読むということが、じつは読書なのではない。読書というのは、読書という習慣なのだ。古代のギリシア人、そしてローマ人にとっての本が何だったかをたずねて示唆にとむ、F・G・ケニオンの『古代の書物』(高津春繁訳、岩波新書)という本によると、本がひとの社会にもたらしたのは、それまではなかった新しい習慣、読書という習慣だった。

古代のギリシア人の遺した言葉のおおくは、もともと口にだされた言葉だ。口誦、口授、会話の場からもっぱら記憶によって伝えられ、断片や引用や言及によってのみ知られる言葉もすくなくない。記憶が最良のメディアだといったのは、ソクラテスだ。記憶は、いってみれば見えない本だ。記憶がかたちになったのが、本だ。

記憶の容れものとしての本。やがてきた本の時代が、本から記憶をとりだす読書という習慣をもたらし、そして読書という習慣が、新たに「文庫」の時代を生みだして、読者という「心みてる人」の時代をつくりだしたことを、『古代の書物』は明かしている。今日、古代のギリシア人の遺した言葉を、本によって、それも明澄な日本語で、「われわれの同時代人」の言葉として読むことができる幸運もまた、このときにもたらされた読書という習慣なしにはなかっただろうことを考える。

すべては変わった。だが、ほんとうは、二千五百年経っても、何も変わっていない。読書という習慣を社会が広くたもつことができるかどうか、そのこと一つとってみても。

3

古代の新しいギリシア人は、今日までとどく言葉を遺した。しかし、言葉によって得たものだけでない。言葉によって失ったものを語るのも、言葉だ。たとえば、希望だ。手近な辞書を引くと、希望とは、未来に望みをかけること。こうなればよい、なってほしいと願うこと、またその事柄の内容。望みどおりになるだろうというよい見通しのことだ。

しかし、ギリシアの神々の言葉にいう希望は、ちがう。希望は、なんらよい意味をもたない。希望は美徳ではなく、危険な激情だった。それは抽象された概念でなく、苦しむ人間にとりつき、悪事をたらしこむ女神であり、まやかしの誘惑であり、人に悪しき考えを吹きこむもの、悪しき精霊、悪霊の一つで、一ども祭礼の対象とならなかった。いまでいえばむしろ「絶望の無謀」ともいうべきものだったのが、希望だ。

古代の新しいギリシア人が、人間の言葉を手に入れて、失ったのは神々の言葉だ。神々を追いはらって、人間は理性を得る。そして、もはや神々をもたない理性が生んだのが、未来だ。「われわれが、意志と選択の行使によって、達成することを欲求し希望する、目的のある」未来。けれども、それから今日まで、人間は未来を信じて、じつは希望という「絶望の無謀」に絶えずさらされてきた、といったのは、F・M・コーンフォードだ。

コーンフォードの『ソクラテス以前以後』（大川瑞穂訳、以文社）は、新たに岩波文庫にもくわわったが（山田道夫訳）、五年に一どは読みかえしたくなる本だ。言葉、文字というものは精神があたえた生命の（すべてではないにしても）多くを殺す運命にあると、ソクラテスにはわかっていた。「汝みずからを知れ」。未来を信じる人間が忘れやすいのは、いまもソクラテスの得たデルフォイの訓戒だ。

4

「われわれの土地は、他のどの土地より肥沃だった。当時は、質にくわえて、量もまた豊富だった。だがいまは、小さな島でよく見かけるように、肥沃な柔らかな地面はことごとく流失して、病人の痩せ細った身体のように、痩せた土地の骨格だけがのこっている。

しかし、当時は土地はまだ損なわれてはいず、山々にはいくらでも耕作可能な丘がたくさんあり、今日でもその証拠ははっきりわかる。いまは蜂の餌しかない山でも、それほど古くないころまで樹木があり、そこから伐りだした木からとった巨大な建築の屋根の垂木は、まだしっかりしている。栽培種の大きな木も数おおくあり、家畜の群れをやしなう無尽蔵の牧草も生えそろっていた。

毎年、ゼウスのもたらす雨がその土地に降りそそぎ、その雨も、現在のように剝きだしの地肌を流れて、海に流れさることもなかった。土壌は深く、そのなかに水を受けとめ、水もちのいいローム層の土に貯えた。浸透した水は、高地から谷間へ浸透し、いたるところに泉や小川のゆたかな流れをつくりだしていた。

それが、当時のこの国の自然の状況であり、農業を唯一の仕事とする真の農民ならもつだろうもの、すなわちすぐれた鑑識力と素質、もっとも優れた土地と豊富な水、もっとも温暖な四季の気候が、すべてそろっていたのである」

今日なお生々しい証言として、ジョン・セイモアーとハーバート・ジラルデットの『遥かなる楽園　環境破壊と文明』（加藤辿・大島淳子訳、日本放送出版協会）に引かれている、プラトンの『クリティアス』に遺された記述。つい昨日のような、たった二千四百年まえ、ギリシアのアッティカで起きていたこと。

5

そもそも、古代のギリシア人の遺した言葉への興味を誘われたのは、一冊の小さな本によってだった。「諸君、今晩は！」という挨拶にはじまる、山本光雄の『哲学者の笑い』（一九五一年刊、角川新書）だ。人間の営みの空しさにつねに微笑、笑いをもって対した、十五人の古代ギリシアの哲学者たちをめぐる十五の夜話。楽しい精神ここにありだ。

「では、始めよう。さあ、もっと火鉢のそばによりたまえ。クセノパノスのように、いろり火の端で、空豆を肴に、甘き酒をのみつつ語るのなら、僕も楽しいし、諸君もまんざらではあるまいが、この番茶で、蛍火のような火では、お気の毒みたいな気がするけどね」。いかにも昭和の敗戦後の貧しい時代にでた本にふさわしい序文が懐かしいが、小さな本には、それからの時代が見うしなうゆたかな時間がつまっていた。『哲学者の笑い』に語られるのは、なぜいまでも二千五百年後の世界が古代のギリシア人の遺した言葉を必要とするのか、ということだ。古代のギリシアの哲学者たちのした仕事は、言葉のする仕事だった。これ以上はないような単純な言葉で、誰の目の前にもある真実を、静かに、あるいは平然といってのけることが、言葉のする仕事だ。やはり、シノペのディオゲネスの話を引くべきだろう。無一物で、酒樽を住み家として、生涯をおくった「樽の中の哲学者」。彼はときどき、白昼ランプを提げて、街を歩いていることがあった。人が何をしているのだ、と訊ねると、「人間を探しているんだよ」といいながら、相手の鼻の先に、そのランプを突きつけた。――白昼に人間の名にあたいする人間を探す。ディオゲネスのはじめた仕事は終わらなかった。まだ終わっていない。

あとがき

自分の時間は、ほんとうは、他の人びとによってつくられているのだと思う。他の人びととのまじわり、他の人びとの言葉とのかかわりをとおして明るくされてきた自分の時間について、ふりかえって記憶の花束をつくる。自分の時間へというのは、自分の時間をつくってくれた他の人びとへということだ。

自分の時間は、自分だけでゆたかにすることはできない。この本に登場していただいたおおくの方々に、親しく感謝する。この本がわたしの好きな猫サムの絵で飾られることはうれしい。アンディ・ウォーホルが私家版のめずらしい本にのこした愛すべき絵の一枚だ。愛着のこもる本をつくっていただいた講談社の山口和人氏に深く感謝する。

（一九九六年四月）

解説

辻山　良雄

最初に読んだ長田弘の本は、ハードカバーの『深呼吸の必要』だった。わたしはその詩集を、なぜか子ども向けの童話だとばかり思い込んでいたのだが、中を開いてみると、これこそ自分の求めていたことばだと思い、驚いた。

《きみはある日、突然おとなになったんじゃなかった。気がついてみたら、きみはもうおとなになっていた。なった、じゃなくて、なっていたんだ》

「あのときかもしれない」／『深呼吸の必要』

「あのときかもしれない」は、人が子どもから大人になる瞬間を、様々な情景《シーン》から振り返った散文詩。詩というには飛躍の少ない文体で書かれ、散文にしては書かれた内容が〈詩〉そのものであるといった、ある意味不思議な文章だったが、わたしは彼の、芯のある明瞭な筆致に惹《ひ》かれたのだと思う。それからというもの長田弘は、新刊書店や古本屋でその名前を見かけると、中を確かめずにはいられない作家となった。

これは彼の本から与えられたイメージだが、わたしはひとりの人物を思うとき、広々とした草はらに立つ、一本の木の姿を想像する。

最初は頼りない芽に過ぎなかった存在が、いつのまにか自らの輪郭をもち、葉を茂らせ、やがてゆっくりおおきな木となって、ゆるぎない姿でそこに立っている。長いあいだには日照りや雨風にも晒《さら》され、体はあらぬ方向に曲がり、その木ならではの様相も見せるだろう。いつのまにかそうなっていたその姿が、その木になる（＝その人になる）ということなのだ。

そして、〈わたし〉という木に水を染み込ませるには、長い時間が必要だ。長田は本書のあとがきの中で、「自分の時間は、自分だけでゆたかにすることはできない」と書いているが、彼はそのことを出会った人や、折々に触れる本に求めた。『自分の時間へ』は、いわば長田弘という一本の木を育てた、長い時間を遡《さかのぼ》る旅なのである。

Ⅰの章では、長田が人生で出会ってきた人たちの姿が、そのエピソードとともに語られる。

まだ故郷の福島にいたころ、蓄音機のある薄暗い小部屋の中で、クラシック音楽の深い森をともにさまよった「敬三君」。騒がしかった六〇年安保の時代、周囲の喧騒を鎮めるようにひとり静かに教室に立っていた、露文専修の上級生・青山太郎。

そして青年は本に親しみ、やがて詩人となる。長田は思潮社の小田久郎、晶文社の中村勝哉や編集者の津野海太郎、装丁家の平野甲賀といった人たちと交わり、切磋琢《せっさたく》磨《ま》しながら、熱い「本の時代」を駆け抜けた（このあたりは描写がまぶしく、人生の〈夏〉を思い起こさせる）。そうした長い人生の時間、確かに出会った人たちとのあかるい邂逅《かいこう》の瞬間が、いくつもの鮮やかな断片として切り取られていく。

負けるが勝ちといった「あらまほしき生き方の思想」を、何も語ることなく、その身をもって教えてくれたお父さんや、ベトナム戦争の時代、アイオワの大学町で厳しい冬をともに過ごした真摯なパトリシアとジムなど、そのときどきに周りにいた人たちの存在も見逃せない。彼らは長田の人生にさりげなくその印象を残していくが、いま・ここに不在のものとして、郷愁とともに語られる――もうこの手には摑めない、だからこそいつまでもあざやかな記憶として。

Ⅱの章は読んだ本について。長田は読書エッセイの名手でもあったが、本を読むとはどういうことか、本とはいったい何であるかが、そのとき読んだ本とともに語られる。人は言葉の中に生まれ、言葉の中に育つのだから、言葉のゆたかさを手に入れた人が幸いなんだということは、彼の変わらぬ信念だった。

本書では多くの本が紹介されているが、中でも一人のガラス職人が自らの人生を振り返った『カンザスの日本人』（大野貢著）が、この本全体のテーマとも響き合っているようで心に残った。昭和の戦争の時代、東京下町のガラス職人の許《もと》に丁稚《でっち》として預けられた少年が、最初は仕事ができないながらも、来る日も来る日もガラスを吹く。いつしか彼の中には「動かしがたい実感のかたまり」がつくられ、彼は戦後、研究実験機器のガラス吹きとして知られるようになり、アメリカのカンザスまで赴いた……。長田はそこに、「人生という言葉でしかいいあらわせないものがじぶんのなかに木のようにそだってゆくさま」を見たが、仕事の時間を通して得られた実感が、〈わたし〉という木をおおきく育てたのだ。

そして読者もまた、本に書かれた言葉を味わい、それを自分のものとすることで、自分の時間をあかるく照らすことができる。

その本を買った場所、読んでいたときに起こった出来事、ページをめくったときの感触など、本を読むことは身体を伴った体験だから、読む時間そのものが記憶として残り、〈わたし〉というものに刻まれていく。目の前の本を開くと、それを読んでいた時間すべてが一瞬にしてよみがえるときがあるが、それは失われることのない確かなもの、〈わたし〉という木に深く染み込んだ水なのだ。

あとから振り返ったとき、そのような本がたくさんある人生は幸いだ。自分の時間をできうる限りゆたかに生きた、そうありたい人生のひとつのかたちが、ここにはある。

（つじやま・よしお　書店主）

初出

Ⅰは、一九九五年七月〜十二月、毎週水曜日夕刊連載。Ⅱは、「朝日新聞」「朝日ジャーナル」「海燕」「きょうの健康」「教育ジャーナル」「群像別冊」「週刊読書人」「鶴見俊輔集月報」「図書」「本」「翻訳の世界」に掲載されたものをもとに編纂されたものです。

本書は、一九九六年に講談社より単行本として刊行されました。

おまじない 西加奈子

さまざまな人生の転機に思い悩む女性たちに、そっと寄り添ってくれる、珠玉の短編集、いよいよ文庫化！ 巻末に長濱ねると著者の特別対談を収録。

通天閣 西加奈子

このしょーもない世の中に、救いようのない人生に、ちょっぴり暖かい灯を点す驚きと感動の物語。第24回織田作之助賞大賞受賞作。（津村記久子）

沈黙博物館 小川洋子

「形見じゃ」老婆は言った。死の完結を阻止するために形見が盗まれる。死者が残した断片をめぐるやさしくスリリングな物語。（堀江敏幸）

注文の多い注文書 小川洋子 クラフト・エヴィング商會

バナナフィッシュの耳石、貧乏な叔母さん、小説に隠された〈もの〉をめぐり、二つの才能が火花を散らす。贅沢で不思議な前代未聞の作品集。（平松洋子）

図書館の神様 瀬尾まいこ

赴任した高校で思いがけず文芸部顧問になってしまった清（きよ）。そこでの出会いが、その後の人生を変えてゆく。鮮やかな青春小説。（山本幸久）

僕の明日を照らして 瀬尾まいこ

中2の隼太に新しい父が出来た。優しい父はしかしDVする父でもあった。この家族を失いたくない！ 隼太の闘いと成長の日々を描く。（岩宮恵子）

星間商事株式会社社史編纂室 三浦しをん

二九歳「腐女子」川田幸代、社史編纂室所属。恋の行方も友情の行方も五里霧中。仲間と共に「同人誌」を武器に社の秘められた過去に挑む!?（金田淳子）

ラピスラズリ 山尾悠子

言葉の海が紡ぎだす、〈冬眠者〉と人形と、春の目覚めの物語。不世出の幻想小説家が20年の沈黙を破り発表した連作長篇。補筆改訂版。（千野帽子）

聖女伝説 多和田葉子

少女は聖人を産むことなく自身が聖人となれるのか？ 著者の代表作にして性と生と聖をめぐる少女小説の傑作がいま蘇る。書き下ろしの外伝を併録。

ピスタチオ 梨木香歩

棚（たな）がアフリカを訪れたのは本当に偶然だったのか。不思議な出来事の連鎖から、水と生命の壮大な物語「ピスタチオ」が生まれる。（管啓次郎）

包帯クラブ　天童荒太

傷ついた少年少女達は、戦わないかたちで自分達の大切なものを守ることにした。生きがたいと感じるすべての人に贈る長篇小説。大幅加筆して文庫化。

つむじ風食堂の夜　吉田篤弘

それは、笑いのこぼれる夜。——食堂は、十字路の角にぽつんとひとつ灯をともしていた。クラフト・エヴィング商會の物語作家による長篇小説。

虹色と幸運　柴崎友香

珠子、かおり、夏美。三〇代になった三人が、人に会い、おしゃべりし、いろいろ思う一年間。移りゆく季節の中で、日常の細部が輝く傑作。（江南亜美子）

変《か》半《わり》身《み》　村田沙耶香

孤島の奇祭「モドリ」の生贄となった同級生を救った陸と花蓮は祭の驚愕の真相を知る。悪夢が極限まで疾走する村田ワールドの真骨頂！（小澤英実）

君は永遠にそいつらより若い　津村記久子

22歳処女。いや「女の童貞」と呼んでほしい——。日常の底に潜むうっすらとした悪意を独特の筆致で描く。第21回太宰治賞受賞作。（松浦理英子）

アレグリアとは仕事はできない　津村記久子

彼女はどうしようもない性悪だった。すぐ休み単純労働をバカにし男性社員に媚を売る。大型コピー機とミノベとの仁義なき戦い！（千野帽子）

さようなら、オレンジ　岩城けい

オーストラリアに流れ着いた難民サリマ。言葉も不自由な彼女が、新しい生活を切り拓いてゆく。第29回太宰治賞受賞・第150回芥川賞候補作。（小野正嗣）

星か獣になる季節　最果タヒ

推しの地下アイドルが殺人容疑で逮捕!? 僕は同級生のイケメン森下と真相を探るが——。歪んだピュアネスが傷だらけで疾走する新世代の青春小説！

とりつくしま　東直子

死んだ人に「とりつくしま係」が言う。モノになってこの世に戻れますよ。妻は夫のカップに弟子は先生の扇子になった。連作短篇集。（大竹昭子）

ポラリスが降り注ぐ夜　李琴峰

多様な性的アイデンティティを持つ女たちが集う二丁目のバー「ポラリス」。国も歴史も超えて思い合う気持ちが繋がる7つの恋の物語。（桜庭一樹）

三島由紀夫レター教室　三島由紀夫

五人の登場人物が巻き起こす様々な出来事を手紙で綴る。恋の告白・借金の申し込み・見舞状等、一風変ったユニークな文例集。（群ようこ）

コーヒーと恋愛　獅子文六

恋愛は甘くてほろ苦い。とある男女が巻き起こす恋模様をコミカルに描く昭和の傑作が、現代の「東京」によみがえる。（曽我部恵一）

七時間半　獅子文六

東京―大阪間が七時間半かかっていた昭和30年代、特急「ちどり」を舞台に乗務員とお客たちのドタバタ劇を描く隠れた名作が遂に甦る。（千野帽子）

青空娘　源氏鶏太

主人公の少女、有子が不遇な境遇から幾多の困難にぶつかりながらも健気にそれを乗り越え希望を手にする日本版シンデレラ・ストーリー。（山内マリコ）

御身　源氏鶏太

矢沢章子は突然の借金返済のため自らの体を売ることを決意する。しかし愛人契約の相手・長谷川との出会いが彼女の人生を動かしてゆく。（寺尾紗穂）

カレーライスの唄　阿川弘之

会社が倒産した！　どうしよう。美味しいカレーライスの店を始めよう。若い男女の恋と失業と起業の奮闘記。昭和娯楽小説の傑作。（平松洋子）

愛についてのデッサン　野呂邦暢　岡崎武志編

夭折の芥川賞作家が古書店を舞台に人間模様を描く「古本青春小説」。古書店の経営や流通など編者ならではの視点による解題を加え初文庫化。

おれたちと大砲　井上ひさし

家代々の尿筒掛、草履取、駕籠持、髪結、馬方、いまだ修業中の彼らは幕末の将軍様を救うべく、奮闘努力、東奔西走。爆笑、必笑の幕末青春グラフィティ。

真鍋博のプラネタリウム　真鍋博　星新一

名コンビ真鍋博と星新一。二人の最初の作品『おーいでてこーい』他、星作品に描かれた挿絵と小説冒頭をまとめた幻の作品集。（真鍋真）

方丈記私記　堀田善衞

中世の酷薄な世相を覚めた眼で見続けた鴨長明。その人間像を自己の戦争体験に照らして語りつつ現代日本文化の深層をつく。巻末対談＝五木寛之

落穂拾い・犬の生活 小山清

明治の匂いの残る浅草に育ち、純粋無比の作品を遺して短い生涯を終えた小山清。いまなお新しい、清らかな祈りのような作品集。（三上延）

須永朝彦小説選 須永朝彦 山尾悠子編

美しき吸血鬼、チェンバロの綺羅綺羅しい響き、暗い水に潜む蛇……独自の美意識と博識で幻想文学ファンを魅了した小説作品から山尾悠子が25篇を選ぶ。

紙の罠 都筑道夫 日下三蔵編

都筑作品でも人気の〝近藤・土方シリーズ〟が遂に復活。贋札作りをめぐり巻き起こる奇想天外アクション小説。二転三転する物語の結末は予測不能。

幻の女 田中小実昌 日下三蔵編

近年、なかなか読むことが出来なかった〝幻〟のミステリ作品群が編者の詳細な解説とともに甦る。夜の街の片隅で起こる世にも奇妙な出来事たち。

第8監房 柴田錬三郎 日下三蔵編

剣豪小説の大家として知られる柴錬の現代ミステリ短篇の傑作が奇跡の文庫化。〈巧みなストーリーテリング〉と〈衝撃の結末〉で読ませる狂気の8篇。

飛田ホテル 黒岩重吾

刑期を終えたやくざ者に起きた妻の失踪を追う表題作など、大阪のどん底で交わる男女の情と性。直木賞作家の傑作ミステリ短篇集。（難波利三）

『新青年』名作コレクション 『新青年』研究会編

探偵小説の牙城として多くの作家を輩出した伝説の総合娯楽雑誌『新青年』。創刊から101年を迎え新たな視点で各時代の名作を集めたアンソロジー。

ゴシック文学入門 東雅夫編

江戸川乱歩、小泉八雲、平井呈一、日夏耿之介、澁澤龍彥、種村季弘――。「ゴシック文学」の世界へと誘う厳選評論・エッセイアンソロジーが誕生！

刀 東雅夫編

名刀、魔剣、妖刀、聖剣……古今の枠を飛び越えて「刀」にまつわる怪奇幻想の名作が集結。業物同士が唸りを上げる文豪×怪談アンソロジー、登場！

家が呼ぶ 朝宮運河編

ホラーファンにとって永遠のテーマの一つといえる「こわい家」。屋敷やマンション等をモチーフとした逃亡不可能な恐怖が襲う珠玉のアンソロジー！

杉浦日向子ベスト・エッセイ　杉浦日向子

初期の単行本未収録作品から、若き晩年、自らの生と死を見つめた名篇までを、多彩な活躍をした人生の軌跡を辿るように集めた、最良のコレクション。

お江戸暮らし　杉浦日向子

江戸にすんなり遊べる幸せ。漫画、エッセイ、語りと江戸の魅力を多角的に語り続けた杉浦日向子の作品群から、精選して贈る、最良の江戸の入口。

向田邦子シナリオ集　向田邦子　向田和子編

いまも人々の胸に残る向田邦子のドラマ。「隣りの女」「七人の刑事」など、テレビ史上に残る名作、知られざる傑作をセレクト収録する。（平松洋子）

甘い蜜の部屋　森茉莉

天使の美貌、無意識の媚態。薔薇の蜜で男たちを溺れ死なせていく少女モイラと父親の濃密な愛の部屋。稀有なロマネスク。（矢川澄子）

貧乏サヴァラン　森茉莉　早川暢子編

オムレット、ボルドオ風茸料理、野菜の牛酪煮……。食いしん坊茉莉は料理自慢。香り豊かな〝茉莉ことば〟で綴られる垂涎の食エッセイ。文庫オリジナル。

紅茶と薔薇の日々　森茉莉　早川茉莉編

天皇陛下のお菓子に洋食店の味、庭に実る木苺……森鷗外の娘にして無類の食いしん坊、森茉莉が描く懐かしく愛おしい美味の世界。（辛酸なめ子）

遊覧日記　武田百合子　武田花・写真

行きたい所へ行きたい時に、つれづれに出かけてゆく。一人で。または二人で。あちらこちらを遊覧しながら綴ったエッセイ集。（巖谷國士）

ことばの食卓　武田百合子　野中ユリ・画

なにげない日常の光景やキャラメル、枇杷など、食べものに関する昔の記憶と思い出を感性豊かな文章で綴ったエッセイ集。（種村季弘）

クラクラ日記　坂口三千代

戦後文壇を華やかに彩った無頼派の雄・坂口安吾との、嵐のような生活を妻の座から愛と悲しみをもって描く回想記。巻末エッセイ＝松本清張

妹たちへ　矢川澄子ベスト・エッセイ　矢川澄子　早川茉莉編

澁澤龍彦の最初の夫人であり、孤高の感性と自由な知性の持ち主であった矢川澄子。その作品に様々な角度から光をあて織り上げる珠玉のアンソロジー。

わたしは驢馬に乗って下着をうりにゆきたい　鴨居羊子

新聞記者から下着デザイナーへ。斬新で夢のある下着を世に送り出し、下着ブームを巻き起こした女性起業家の悲喜こもごも。（近代ナリコ）

遠い朝の本たち　須賀敦子

一人の少女が成長する過程で出会い、愛しんだ文学作品の数々を、記憶に深く残る人びとの想い出とともに描くエッセイ。（末盛千枝子）

神も仏もありませぬ　佐野洋子

還暦……もう人生おりたかった。でも春のきざしの蕗の薹に感動する自分がいる。意味なく生きても人は幸せなのだ。第3回小林秀雄賞受賞。（長嶋康郎）

私はそうは思わない　佐野洋子

佐野洋子は過激だ。ふつうの人が思うようには思わない。大胆で意表をついたまっすぐな発言をする。だから読後が気持ちいい。（群ようこ）

色を奏でる　志村ふくみ・文　井上隆雄・写真

色と糸と織——それぞれに思いを深めて織り続ける染織家にして人間国宝の著者の、エッセイと鮮かな写真が織りなす豊醇な世界。オールカラー。

老いの楽しみ　沢村貞子

八十歳を過ぎ、女優引退を決めた著者が、日々の思いを綴る。齢にさからわず、「なみ」に、気楽に、と過ごす時間に楽しみを見出す。（山崎洋子）

おいしいおはなし　高峰秀子編

向田邦子、幸田文、山田風太郎……著名人23人の美味な思い出。文学や芸術にも造詣が深かった往年の大女優・高峰秀子が厳選した珠玉のアンソロジー。

パンツの面目ふんどしの沽券　米原万里

キリストの下着はパンツか腰巻か？　幼い日にめばえた疑問を手がかりに、人類史上の謎に挑んだ、抱腹絶倒&禁断のエッセイ。（井上章一）

新版 いっぱしの女　氷室冴子

時を経てなお生きる言葉のひとつひとつが、呼吸を楽にしてくれる——。大人気小説家・氷室冴子の名作エッセイ、待望の復刊！（町田そのこ）

真似のできない女たち　山崎まどか

彼女たちの真似はできない、しかし決して「他人」でもない。シンガー、作家、デザイナー、女優……唯一無二で炎のような女性たちの人生を追う。

井上ひさしベスト・エッセイ　井上ひさし　井上ユリ編
むずかしいことをやさしく……幅広い著作活動を続け、多岐にわたるエッセイを残した「言葉の魔術師」井上ひさしの作品を精選して贈る。（佐藤優）

ひと・ヒト・人　井上ひさし　井上ユリ編
道元・漱石・賢治・菊池寛・司馬遼太郎・松本清張・渥美清・母……敬し、愛した人々とその作品を描きつくしたベスト・エッセイ集。（野田秀樹）

開高健ベスト・エッセイ　開高健　小玉武編
文学から食、ヴェトナム戦争まで――おそるべき博覧強記と行動力。「生きて、書いて、ぶつかった」開高健の広大な世界を凝縮したエッセイを精選。

吉行淳之介ベスト・エッセイ　吉行淳之介　荻原魚雷編
創作の秘密から、ダンディズムの条件まで。「文学」「男と女」「紳士」「人物」のテーマごとに厳選した、吉行淳之介の入門書にして決定版。（大竹聡）

色川武大・阿佐田哲也ベスト・エッセイ　色川武大／阿佐田哲也　大庭萱朗編
二つの名前を持つ作家のベスト。文学論、落語からタモリまでの芸能論、ジャズ、作家たちとの交流も。阿佐田哲也名の博打論も収録。（木村紅美）

殿山泰司ベスト・エッセイ　殿山泰司　大庭萱朗編
独自の文体と反骨精神で読者を魅了する性格俳優、故・殿山泰司の自伝エッセイ、撮影日記、ジャズ、政治評。未収録エッセイも多数！（戌井昭人）

田中小実昌ベスト・エッセイ　田中小実昌　大庭萱朗編
東大哲学科を中退し、バーテン、香具師などを転々とし、飄々とした作風とミステリー翻訳で知られるコミさんの厳選されたエッセイ集。（片岡義男）

森毅ベスト・エッセイ　森毅　池内紀編
まちがったって、完璧じゃなくたって、人生は楽しい。稀代の数学者が放った教育・社会・歴史他様々なジャンルに亘るエッセイを厳選収録！

山口瞳ベスト・エッセイ　山口瞳　小玉武編
サラリーマン処世術から飲食、幸福と死まで。――幅広い話題の中に普遍的な人間観察眼が光る山口瞳の豊饒なエッセイ世界を一冊に凝縮した決定版。

同日同刻　山田風太郎
太平洋戦争中、人々は何を考えどう行動していたのか。敵味方の指導者、軍人、兵士、民衆の姿を膨大な資料を基に再現。（高井有一）

兄のトランク　宮沢清六

兄・宮沢賢治の生と死をそのかたわらでみつめ、兄の死後も烈しい空襲や散佚から遺稿類を守りぬいてきた実弟が綴る、初のエッセイ集。

春夏秋冬　料理王国　北大路魯山人

一流の書家、画家、陶芸家にして、希代の美食家でもあった魯山人が、生涯にわたり追い求めて会得した料理と食の奥義を語り尽す。（山田和）

日本ぶらりぶらり　山下清

坊主頭に半ズボン、リュックを背負い日本各地の旅に出た〝裸の大将〟が見聞きするものは不思議なことばかり。スケッチ多数。（壽岳章子）

のんのんばあとオレ　水木しげる

「のんのんばあ」といっしょにお化けや妖怪の住む世界をさまよっていたあの頃——漫画家・水木しげるの、とてもおかしな少年記。（井村君江）

ねぼけ人生〈新装版〉　水木しげる

戦争で片腕を喪失、紙芝居・貸本漫画の時代と、波瀾万丈の人生を、楽天的に生きぬいてきた水木しげるの、面白くも哀しい半生記。（呉智英）

老いの生きかた　鶴見俊輔編

限られた時間の中で、いかに充実した人生を過ごすかを探る十八篇の名文。来るべき日にむけて考えるヒントになるエッセイ集。

老人力　赤瀬川原平

20世紀末、日本中を脱力させた名著『老人力』と『老人力②』が、あわせて文庫に！　ぼけ、ヨイヨイ、もうろくに潜むパワーがここに結集する。

東京骨灰紀行　小沢信男

両国、谷中、千住……アスファルトの下、累々と埋もれる無数の骨灰をめぐり、忘れられた江戸・東京の記憶を掘り起こす鎮魂行。（黒川創）

向田邦子との二十年　久世光彦

あの人は、あり過ぎるくらいあった始末におえない胸の中のものを誰にだって、一言も口にしない人だった。時を共有した二人の世界。（新井信）

東海林さだおアンソロジー　人間は哀れである　東海林さだお　平松洋子編

世の中にはびこるズルの壁、はっきりしない往生際……抱腹絶倒のあとに東海林流のペーソスが心に沁みてくる。平松洋子が選ぶ23の傑作エッセイ。

品切れの際はご容赦ください

茨木のり子集 言の葉（全3冊）　茨木のり子

しなやかに凛と生きた詩人の歩みの跡を、詩とエッセイで編んだ自選作品集。単行本未収録の作品なども収め、魅力の全貌をコンパクトに纏める。

一本の茎の上に　茨木のり子

「人間の顔は一本の茎の上に咲き出た一瞬の花である」表題作をはじめ、敬愛する山之口貘等について綴った香気漂うエッセイ集。（金裕鴻）

詩ってなんだろう　谷川俊太郎

谷川さんはどう考えているのだろう。その道筋にそって詩を集め、選び、配列し、詩とは何かを考えるおおもとを示しました。（華恵）

山頭火句集　種田山頭火　村上護編　小崎侃・画

自選句集「草木塔」を中心に、その境涯を象徴する随筆も精選収録し、〝行乞流転〟の俳人の全容を伝える一巻選集！（村上護）

尾崎放哉全句集　村上護編

「咳をしても一人」などの感銘深い句で名高い自由律の俳人・放哉。放浪の旅の果て、小豆島で破滅型の人生を終えるまでの全句業。（村上護）

放哉と山頭火　渡辺利夫

エリートの道を転げ落ち、引きずる死の影を詩いあげる放哉。各地を歩いて生きて在ることの孤独と寂寥を詩う山頭火。アジア研究の碩学による省察の旅。

笑う子規　正岡子規＋天野祐吉＋南伸坊

「弘法は何と書きしぞ筆始」「猫老て鼠もとらず置火燵」。天野さんのユニークなコメント、南さんの豪快な絵を添えて贈る愉快な子規句集。（関川夏央）

絶滅寸前季語辞典　夏井いつき

「従兄煮」「蚊帳」「夜這星」「竈猫」……季節感が失われ、風習が廃れて消えていく季語たちに、新しい命を吹き込む読み物辞典。（茨木和生）

絶滅危急季語辞典　夏井いつき

「ぎぎ・ぐぐ」「われから」「子持花椰菜」「大根祝う」……消えゆく季語に新たな命を吹き込む読み物辞典。超絶季語続出の第二弾。（古谷徹）

詩歌の待ち伏せ　北村薫

〝本の達人〟による折々に出会った詩歌との出会いが生んだ名エッセイ。これまでに刊行されていた3冊を合本した〈決定版〉。（佐藤夕子）

すべてきみに宛てた手紙　長田弘

この世界を生きる唯一の「きみ」へ——人生のためのヒントが見つかる、39通のあたたかなメッセージ。傑作エッセイが待望の文庫化！（谷川俊太郎）

言葉なんかおぼえるんじゃなかった　田村隆一・語り　長薗安浩・文

戦後詩を切り拓き、常に詩の最前線で活躍し続けた伝説の詩人・田村隆一が若者に向けて送る珠玉のメッセージ。代表的な詩25篇も収録。（穂村弘）

夜露死苦現代詩　都築響一

寝たきり老人の独語、死刑囚の俳句、エロサイトのコピー……誰も文学と思わないのに、一番僕たちをドキドキさせる言葉をめぐる旅。増補版。

えーえんとくちから　笹井宏之

風のように光のようにやさしく強く二十六年の生涯を駆け抜けた夭折の歌人・笹井宏之。そのベスト歌集が没後10年を機に待望の文庫化！（穂村弘）

先端で、さすわ さされるわ そらええわ　川上未映子

すべてはここから始まった——。デビュー作にして圧倒的文圧を誇る表題作を含む珠玉の七編。第14回中原中也賞を受賞した第一詩集がついに文庫化！

水瓶　川上未映子

鎖骨の窪みの水瓶を捨てにいく少女を描いた長編詩「水瓶」を始め、より豊潤に尖鋭に広がる詩的宇宙。第43回高見順賞に輝く第二詩集、ついに文庫化！

春原さんのリコーダー　東直子

シンプルな言葉ながら一筋縄ではいかない独特な世界観の東直子デビュー歌集。刊行時の栞文や、花山周子による評論、川上弘美との対談も収録。

青卵　東直子

現代歌人の新しい潮流となった東直子の第二歌集。花山周子の評論、穂村弘との特別対談により独自の感覚に充ちた作品の謎に迫る。

回転ドアは、順番に　穂村弘　東直子

ある春の日に出会い、そして別れるまで。気鋭の歌人ふたりが、見つめ合い呼吸をはかりつつ投げ合う、スリリングな恋愛問答歌。（金原瑞人）

適切な世界の適切ならざる私　文月悠光

中原中也賞、丸山豊記念現代詩賞を最年少の18歳で受賞し、21世紀の現代詩をリードする文月悠光の記念碑的第一詩集が待望の文庫化！（町屋良平）

ちくま文庫

自分《じぶん》の時間《じかん》へ

二〇二四年九月十日　第一刷発行

著　者　長田弘（おさだ・ひろし）

発行者　増田健史

発行所　株式会社　筑摩書房
東京都台東区蔵前二―五―三　〒一一一―八七五五
電話番号　〇三―五六八七―二六〇一（代表）

装幀者　安野光雅

印刷所　中央精版印刷株式会社

製本所　中央精版印刷株式会社

ISBN978-4-480-43976-5　C0195